EL REINO DEL SILENCIO

David L. Cortés

Para todos aquellos que todavía no se han encontrado

Medianoche. La hora de las brujas. El perigeo de la luz. Una hora en la que las almas decentes deben cerrar los ojos y entregarse a las bondades de Hipnos mientras, en la oscuridad, los seres impíos recogen los ingredientes de sus pociones maléficas. Pero, en una cama fría, los ojos de nuestro protagonista se niegan a permanecer cerrados. ¿Es posible dormir con los ojos abiertos?, se pregunta.

El silencio a medianoche es algo impensable durante el día. No es absoluto, pero es omnipresente. Un ave rapaz ulula, presa del aburrimiento; el viento canta, bailando con hojas secas y bolsas de plástico por las calles; la casa parece desperezarse y se acomoda con quejumbrosos crujidos. Todos estos sonidos coexisten sometidos al silencio de la noche, que reina incontestable sobre ellos. Hasta que surge un contendiente. Un timbre valiente que hace añicos la quietud de las sombras. Un teléfono que vibra y se ilumina sobre la mesilla de noche, resuena amplificado por la superficie y baila de aquí para allá. Nuestro protagonista extiende el brazo, veloz, obediente al silencio que le ordena acabar con aquella perturbación. En la pantalla luminosa se ven las palabras *NÚMERO OCULTO*. El insomne vuelve a dejar el teléfono sobre la mesilla y entierra su cara entre las almohadas con una exhalación. El sonido se repite una y otra vez hasta que, cansado, se retira. El silencio regresa a su trono, pero el insomne sabe que será castigado por aquella interrupción. Sabe que esa noche no dormirá.

Se levanta de la cama. Desliza sus pies en las viejas zapatillas y carraspea. Siente la garganta seca; quizás algo de leche le permita hacer las paces con la oscuridad y conciliar el sueño. Fuera de la habitación el pasillo está sumido en tinieblas. Es un reino de silencio y, en él, encender las luces parece una profanación inaceptable. La luz es una concesión para el sonido, la sombra un remanso de paz. Así pues, nuestro insomne protagonista no se atreve a encender ninguna luz y confía en el plateado destello de las estrellas que se cuela por las ventanas. Además, conoce su casa lo bastante bien como para moverse por ella con los ojos cerrados. Desciende las escaleras, agarrado al pasamanos, eso sí. En la planta baja, atraviesa las tinieblas hasta la cocina y ésta hasta el frigorífico. Un portal de luz se abre en el reino nocturno, dando paso al sonido del zumbido eléctrico del motor. La leche está muy fría, pero no le importa. Bebe directamente del cartón y después cierra la nevera. Las sombras vuelven a rodearlo, más densas que antes tras la desaparición del portal. De pronto suena un ruido foráneo, que no se corresponde a los que habitan el reino de silencio. Un cristal roto.

El insomne avanza en busca del sonido. En el salón encuentra la salida al jardín abierta, fragmentos de vidrio en el suelo. Se vuelve, alerta, sus ojos más abiertos que nunca ante la certidumbre de que hay un intruso en su casa. El peligro se presenta ante él y le tira de los pelos de la nuca. ¿Ladrones? ¿Quién podría querer robarle? No tiene nada de verdadero valor. Tiene lo mismo que cualquier otra casa del barrio, con la diferencia de que él está solo. Una presa fácil; a medianoche debería estar dormido. La oscuridad inunda el salón, oculta los colores bajo densas sombras. Piensa en encender las luces, pero de pronto los metros que le separan del interruptor más cercano parecen un camino peligroso con atacantes escondidos entre los muebles.

Un arma. Necesita un arma.

A su alrededor sólo encuentra cojines, un control remoto, revistas. Se siente indefenso y su pulso se acelera. Recuerda que ha habido varios robos con violencia en la ciudad durante el último mes. Se maldice por no haber prestado más atención a las noticias.

Suena un crujido. Es un sonido familiar, como el que produce el séptimo escalón al ser pisado. Alguien está subiendo al primer piso. Quizás el intruso no sabe que arriba no hay nadie. Quizás le busque en su cama, y cuando descubra que no está…

Todavía tiene tiempo de huir. Si el intruso está arriba, él puede escapar, alertar a los vecinos, que llamen a la policía. Pero sus pies se niegan a moverse. El miedo le paraliza. ¿Es más seguro quedarse inmóvil? ¿Puede el silencio ofrecerle refugio en el regazo de sus sombras?

Fija su mirada en el vestíbulo; allí está la puerta principal. Una corta carrera y estará fuera. Puede hacerlo. Se lo repite a sí mismo varias veces, pero las órdenes no parecen llegar a sus piernas. De pronto suena otro crujido en el primer piso y él salta a la acción. Atraviesa el salón con largas zancadas, sale al vestíbulo, no puede evitar lanzar una mirada a la escalera y...

—¡Corten! —grita una voz—. Ha sido buena.

Se encienden todas las luces, destronando al silencio de sus dominios. Rodrigo, junto a la escalera, estira los músculos del cuello moviendo la cabeza el círculos. El director se acerca a él.

—Perfecto, has estado genial, Rodri. Una toma perfecta.

—No sé, creo que todavía podría expresar más pavor. Mi personaje sabe lo de los asesinatos, ¿no? Es probable que piense que no es un ladrón, sino un asesino...

—No, no —insiste el director—. Así está perfecto. El próximo día rodaremos el ataque. Paco no estará disponible hasta el lunes, así que puedes tomarte un descanso. Mientras, grabaremos algunas pruebas con los especialistas. Buen trabajo, Rodri.

—Gracias, Víctor.

Técnicos y asistentes comienzan a recoger cables, micrófonos, cámaras. Pasan junto a Rodrigo felicitándole por su trabajo, dándole palmadas en el hombro y anticipando el éxito de la producción. Rodrigo sube las escaleras y se dirige a uno de los dormitorios, habilitado como camerino. Se viste, se peina, se quita las lentes de contacto y recupera la comodidad de sus gafas. Al salir se encuentra con Sonia, la ayudante de producción.

—Hey, Rodrigo, antes de irte…

Rodrigo sonríe ligeramente mientras Sonia revisa los papeles que lleva en las manos. Ella es una chica joven, menuda, con grandes ojos verdes. La conoció en la red cuando buscaba gente del mundillo del cine con la que relacionarse y hacer contactos. A pesar de su atractiva mirada, sin embargo, es probable que Rodrigo se sintiese más atraído por su situación profesional que por un sincero interés romántico. Ella, por su parte, no dejó pasar las atenciones de un joven apuesto y descubrió, más tarde, que Rodrigo no carecía de cierto talento interpretativo. Su relación se ha paseado entre lo personal y lo profesional, acabando por establecerse más en lo segundo.

—El lunes te necesitamos temprano —continúa Sonia—. Vamos a aprovechar el fin de semana para algunas tomas y ensayar un par de ideas de Víctor, pero el lunes tenemos que filmar varias escenas de día, antes que oscurezca.

—No hay problema. —Rodrigo trata de mirar a Sonia a los ojos, pero ella apenas separa los suyos del papel.

—Andrés me lleva loca —dice por fin levantando la vista hacia Rodrigo—. Este proyecto podría estar mucho mejor planificado.

—Tú serías una buena jefa de producción.

—Algún día. —Ella aparta la mirada de nuevo.

—Quizás cuando termine el rodaje podríamos quedar tú y yo… solos.

—Cuando termine el rodaje viene la postproducción, y después la promoción. No creo que tenga tiempo ni para mi ginecólogo de aquí a un año.

—Tendrás que cenar de vez en cuando, ¿no?

—Mira, Rodrigo, sé lo que propones y la respuesta es no. Lo pasamos bien juntos una noche, pero ahora somos compañeros de trabajo, y si hay algo de mí que deberías haber aprendido es que el trabajo siempre va primero.

—Claro, lo olvidaba. Nos vemos el lunes entonces.

—Cuídate.

Afuera la calle ha sido invadida por furgonetas y camiones, la acera por baúles plateados sobre ruedas, cables, trípodes, focos. Rodrigo se abre camino entre el laberinto de obstáculos hasta su coche Volkswagen Golf y abandona el lugar. Son poco más de las once y, aunque en la calle que Rodrigo deja atrás la luz y el sonido todavía tardarán en ceder en su lucha contra la oscuridad, en el resto de la ciudad el silencio va extendiendo sus dominios poco a poco. Rodrigo conduce cerca de cuarenta minutos para llegar a su casa que, al igual que la de su personaje insomne, es un dúplex, pero esta vez en una calle amplia y tranquila, sin furgonetas, ni camiones, ni equipos de iluminación. Una densa capa de nubes oculta las estrellas y comienza a chispear cuando Rodrigo aparca el coche en la entrada del garaje que ocupa el sótano de la vivienda. Se apresura a entrar en casa.

Enseguida percibe que algo no marcha bien.

Siente una extraña corriente cuando cierra la puerta tras de sí. Con las luces del vestíbulo encendidas, se asoma al salón, enciende la luz, no ve nada raro. Continúa por el pasillo hacia la cocina, dejando atrás las escaleras. Antes de alcanzar el interruptor descubre el origen del problema: la puerta corredera que da al jardín está abierta. ¿Puede haberla dejado abierta todo el día? Intenta recordar lo que hizo esa misma mañana, antes de marcharse al rodaje; salió a correr unos kilómetros, después una ducha y un desayuno ligero mientras leía la prensa en su tableta digital. No recuerda haber salido al jardín ni haber abierto la puerta para nada.

La correlación entre la escena representada poco antes y la realidad en su propia casa no se le escapa, pero, a diferencia de su personaje insomne, Rodrigo no tiene motivos para pensar que ningún intruso haya invadido su propiedad. Sin más dilación enciende las luces de la cocina, atraviesa la escasa distancia que le separa de la puerta corredera y la cierra con un sonoro *thump*. Sin duda se la dejó abierta por la mañana, piensa.

Cansado después de un largo día y deseando recogerse en su cama, pues ha pasado casi doce horas en el *set* de rodaje, Rodrigo apaga las luces de la planta baja y se encamina escaleras arriba hacia su dormitorio. De pronto un sonido llega a sus oídos procedente del salón, una especie de chirrido agudo y siniestro.

Rodrigo está de pie, en mitad de la escalera, mirando la entrada oscura del salón, una boca abierta en su propia casa. Se dispone a comenzar a bajar cuando unos pasos a la carrera atraviesan el rellano del primer piso. Rodrigo apenas tiene tiempo de ver una figura oscura escabullirse en su dormitorio.

Dejando escapar un suspiro de hastío Rodrigo termina de ascender los escalones y se encamina a su cuarto. Tiene una idea bastante clara de lo que está sucediendo y no va a dejarse asustar.

La puerta del dormitorio está cerrada. Intenta abrir, pero está bloqueada desde dentro.

—Ya está bien —grita dando unos golpes en la puerta.

Se vuelve dispuesto a bajar al salón y una figura aparece en el rellano de la escalera. Un individuo vestido de negro con una capucha bajo la que asoman rasgos deformes. El ente levanta las manos, arqueando los dedos como garras en gesto amenazador mientras emite un lamento gutural.

Rodrigo se lanza contra el intruso, lo derriba y cae sobre él. Del extraño escapa un lamento que se transforma en quejido, y el quejido en risas mientras Rodrigo se incorpora.

—Sois unos capullos —dice.

La puerta del dormitorio se abre y aparece Luis, riendo. Rodrigo y él se saludan con medio abrazo mientras Tristán se levanta del suelo y se quita la careta sin parar de reír.

—Menudo placaje —dice Tristán, y a continuación le estrecha la mano a Rodrigo.

—¿Qué coño hacéis aquí a estas horas? ¿Y cómo habéis entrado?

Luis se saca unas llaves del bolsillo y las sostiene entre los dedos.

—Me dejaste copia después de ayudarte con la mudanza, ¿recuerdas? Por si te quedabas tirado…

Rodrigo sonríe, pero su sonrisa es una máscara. Sus amigos tienen la mala costumbre de gastar bromas pesadas, y la extraña habilidad de ser de lo más inoportunos con ellas. Ahora mismo sólo tiene ganas de lavarse los dientes y meterse en la cama.

—Algún día conseguiremos asustarte de verdad —dice Tristán. Su sonrisa muestra unos dientes torcidos y amarillentos.

—El día que aprendas a comportarte estaré asustado de verdad —responde Rodrigo.

—¿Qué tal te ha ido en el plató, estrella? —pregunta Luis.

—Un día largo. —Rodrigo guía a sus amigos escaleras abajo hasta la cocina.

—Uh, la estrella de cine está cansado de sentarse en su camerino y enrollarse con sus *fans*.

—Sí, claro, porque eso es todo lo que hago. Escuchad, tíos, estoy molido. Si queréis una cerveza para el camino, podéis serviros, pero yo quiero irme a dormir.

—Te tomo la palabra —dice Tristán, y se acerca a la nevera.

—Yo paso —dice Luis—. Estamos grabando un nuevo corto en el almacén de Gorka —añade dirigiéndose a Rodrigo—. Pásate si tienes un rato.   Hombres-lobo-zombies   contra cazavampiros mutantes. Lo vamos a petar.

—Gracias, si puedo me acercaré a echar un ojo.

—Cuidado con éste que nos roba la idea —interviene Tristán, cerveza en mano—, luego se la cuenta a sus amiguitos peces gordos de la industria y ¡*bam!* Nos joden el estreno.

—No seas capullo —le espeta Luis—. Venga, vámonos y dejemos dormir a la estrella de cine.

Rodrigo se despide de sus amigos y cierra la puerta con llave mientras ellos caminan calle abajo, indiferentes a la fina lluvia que ha comenzado a caer. Luis vive a pocas calles de distancia, Rodrigo supone que han orquestado todo desde allí. Antes de subir las escaleras, pone la cadena de la puerta y se asegura que la salida al jardín está bien cerrada.

No es la primera vez que sus amigos le gastan una de aquellas bromas, pero sí la primera vez que se cuelan en su casa para hacerlo. Los vídeos editados que muestran, de repente y acompañada de un sonido estridente, alguna imagen siniestra son un clásico que difícilmente puede sorprenderle ya. Lo mismo ocurre con los saltos desde detrás de las puertas, las máscaras de muerto viviente, vampiro u hombre-lobo —las de payaso tienen más posibilidades—, o los falsos dedos amputados que aparecen en el plato de comida. Otras bromas, sin embargo, son siempre una garantía de éxito, como despertar de la siesta con una ristra de petardos atada al tobillo y explotando uno tras otro, o las trampas para ratones —dolorosas, además de repentinas—. Algunas veces Luis y los demás se trabajan a fondo sus recreaciones macabras, como cuando

Tristán se disfrazó de psicópata y, en un aparcamiento subterráneo, recreó un asesinato aporreando con una maza un muñeco vestido con ropa vieja —la cabeza del muñeco, rellena con sangre falsa y sandía, incluso estallaba con una repulsiva salpicadura—, sólo para asustar a Rodrigo cuando se disponía a subir al coche. Crear maquillajes tétricos es la especialidad de Jessica, y Tristán es el mejor interpretando a personajes siniestros; Luis se ocupa de la grabación y edición de vídeo, y Gorka tiene acceso al almacén que les sirve de escenario.

Rodrigo, que ha grabado numerosos vídeos con sus amigos, nunca ha sido, sin embargo, una presa fácil. Acostumbrado al cine de terror desde que, siendo más joven de lo debido, descubriese *Terroríficamente Muertos*, su capacidad de susto fue decreciendo con cada nuevo título que añadía a su colección de clásicos favoritos. Muchos de sus mejores recuerdos giran en torno al videoclub de su pueblo, que era para él un lugar santo de peregrinación obligada al menos una vez por semana. Era un local pequeño, abigarrado con estanterías de aglomerado y pósteres promocionales que envejecían en cada hueco de la pared. Las cintas VHS se batían en retirada en un guerra perdida contra los estilizados DVD, amontonándose unas sobre otras en los rincones más oscuros, decorando sus portadas con ofertas de venta. Un pequeño mostrador junto a la entrada era el puesto de guardia de La Hugo, de nombre real Rosario, la dueña del negocio. Los jóvenes preadolescentes se comportaban con inusitada disciplina bajo la atenta mirada de La Hugo, y eran acusados de mentirosos por sus compañeros si alguna vez aseguraban que la habían visto sonreír. Ninguno osaba devolver una cinta sin rebobinar o un DVD rallado y, pese a no salir nunca de detrás del mostrador —algunos jóvenes incluso aseguraban que no tenía piernas, sino ruedas, como un androide—, su mirada era suficiente para mantener a ralla a cualquier chaval y, sobre todo, para impedir que atravesasen la cortinilla de la habitación al fondo del local. Afortunadamente para Rodrigo, la presencia de La Hugo era en ocasiones sustituida por la de Martina, su hija —adoptada, según el consenso general—. Martina era todo lo contrario que su madre; alta, esbelta, de mirada serena y sonrisa siempre a punto. Ojeaba revistas de cotilleo desde el mostrador y Rodrigo no podía nunca decidirse entre examinar los títulos en las estanterías o mantener su mirada fija en Martina. Las visitas al videoclub en las que, de manera aleatoria, encontraba a la hija —por más que lo intentó nunca logró descubrir el algoritmo secreto que le permitiese predecir cuándo estaría allí— eran siempre las más largas; Rodrigo se pasaba la tarde pretendiendo examinar cada uno de los títulos como si no se los conociese ya de memoria, repasando cada cubierta y releyendo cada sinopsis. Después Martina simplemente desapareció y La Hugo pareció echar raíces tras aquel mostrador. Los intereses de Rodrigo, al igual que Martina, parecieron alejarse del videoclub y llevarle hacia otros destinos, en la ciudad, en una escuela de Arte Dramático.

Siguió colaborando con sus amigos en vídeos caseros, parodias de películas de terror, bromas filmadas, cortos *amateur* como *La noche de los vivos murientes*, *Sangre y nata*, o su favorito, *La habitación blanca*, que cosechó un enorme éxito en la red y le ayudó a captar la atención de Sonia. Su carrera despegó entonces de verdad, míseros papeles de figurante aparte, con el contrato para protagonizar *No estás solo*, una película de terror independiente que ha permitido a Rodrigo sentirse más afianzado y con un futuro prometedor por delante.

Ya en el cuarto de baño, Rodrigo se lava los dientes y orina. Saliendo del aseo y antes de apagar la luz de la escalera, oye el timbre de la puerta. Irritado, pensando que serán sus amigos, baja los escalones despacio. Quita los cerrojos y abre con la intención de lanzar una mirada que deje claro que está harto de bromas y que quiere descansar en paz, pero su expresión se congela a medio camino al descubrir a una mujer con el pelo húmedo y los hombros empapados por la lluvia. Es joven, de labios gruesos y pómulos altos, ojos con unos reflejos ambarinos a la luz del vestíbulo. Rodrigo se queda boquiabierto sin saber qué decir.

—Perdona que te moleste a estas horas —dice la mujer—, pero he tenido un problema con el coche y mi teléfono está sin batería. He visto la luz encendida y he pensado, bueno, si no te importaría dejarme usar el teléfono para llamar al servicio de asistencia.

Rodrigo no consigue articular sonido. Más allá de la mujer puede ver un utilitario mal aparcado al otro lado de la calle. La situación, por impredecible, le deja atónito unos instantes.

—Será sólo un momento… —dice la mujer.

Como si se diese cuenta por primera vez de la lluvia que sigue cayendo sobre la joven, Rodrigo la invita a pasar, disculpándose por su lenta reacción.

—Espero no causarte demasiada molestia —dice ella.

—No, no, por supuesto que no. Todavía no me había ido a la cama. Pasa por aquí, por favor. —La guía hasta el salón—. Enseguida te traigo un teléfono, ¿necesitas también una toalla, quizás?

—Sería estupendo, gracias.

Rodrigo corre escaleras arriba en busca de su teléfono móvil, que ya descansaba en la mesilla de su dormitorio. Toma también una toalla limpia del cuarto de baño y regresa al salón. La mujer se ha quitado la chaqueta y la sostiene entre sus manos.

—Aquí tienes —dice Rodrigo entregándole primero la toalla—. Déjame la chaqueta. —La cuelga en el respaldo de una silla, desde donde gotea sobre el suelo laminado. La mujer se seca la cara y las manos con la toalla y se la devuelve a Rodrigo.

—Muchas gracias.

—No hay de qué. Aquí tienes el teléfono.

Cuando toma el terminal de sus manos, Rodrigo se percata de que la mujer lleva consigo una pequeña carpeta de plástico con los papeles del coche y el número de contacto de asistencia. Se aleja unos pasos para darle algo de privacidad mientras piensa que ojalá supiese algo de mecánica para poder ayudar —y quizás impresionar— a aquella visitante inesperada. Observándola de reojo mientras ella está al teléfono, Rodrigo confirma su primera impresión de que es una mujer muy atractiva. Lleva unos pantalones ceñidos negros y botines marrones, y una blusa blanca bajo un suéter de punto. La chaqueta, que descansa sobre el respaldo de la silla, es una chaqueta formal, lo que le lleva a pensar que debe tratarse alguna mujer de negocios, o al menos empleada en una oficina, quizás de camino a casa después de una tardía reunión de trabajo.

La mujer termina de hablar y le devuelve el teléfono a Rodrigo.

—Muchas gracias. Dicen que estarán aquí en veinte o treinta minutos. Esperaré en el coche.

—No —la interrumpe él—. No es necesario, puedes esperar aquí. Mira, se ve tu coche desde la ventana.

—Pero… no quisiera ser una molestia. Es tarde.

—Bobadas —dice Rodrigo señalando a los sillones junto a la ventana—. Siéntate, por favor. ¿Puedo ofrecerte alguna cosa? ¿Café?

—No —dice ella riendo—, café a estas horas no. Pero aceptaría una taza de tila, si es posible.

—Por supuesto. Ponte cómoda. Vuelvo enseguida.

Rodrigo se encamina a la cocina y pone un cazo con agua a hervir. Comienza a revolver los cajones en busca de sobres de tila y encuentra té verde, té rojo, poleo-menta, manzanilla… Juraría que tenía tila por alguna parte. El agua al fuego comienza a burbujear y protestar y Rodrigo por fin encuentra un viejo envase de tila entre varios útiles de cocina que siguen en una caja de cartón desde que se instalase en el dúplex.

Cuando regresa al salón con dos tazas, la mujer está observando la colección de DVD que Rodrigo tiene junto al televisor.

—Muchas gracias —dice ella al recibir su taza.

—Me llamo Rodrigo, por cierto. —Sonríe.

—Yo soy Irene. —Ella desvía la mirada, incómoda, o quizás sólo tímida—. Me alegro de haber llamado a tu puerta, no veas qué agobio que se me estropee el coche justo cuando no tengo batería en el teléfono.

—¿Qué le ha pasado al coche exactamente?

—No lo sé —dice encogiéndose de hombros—, simplemente se ha parado el motor. Lo he dejado llegar hasta un lado de la calle con la inercia y he tratado de arrancar de nuevo, pero nada. No responde. ¿Sabes algo de mecánica?

—La verdad es que no —dice Rodrigo dándole un trago a su tila—. Me temo que soy de poca ayuda en ese aspecto. ¿Nos sentamos?

—De acuerdo. —Irene sigue a Rodrigo hasta el sofá junto a la ventana—. He visto que tienes una buena colección de películas de terror.

—Sí —dice él riendo—, la verdad es que tengo unas cuantas. ¿Te gusta el cine de terror?

Ella niega con la cabeza.

—No me gusta pasar miedo.

—Supongo que algunos de nosotros somos un poco masoquistas en ese aspecto.

Rodrigo se pone cómodo, apoyando un brazo en el respaldo del sofá. Se pregunta hasta dónde llegará su suerte esta noche.

—¿Vives por aquí, Irene?

—No exactamente, pero es un atajo en mi camino a casa.

—¿Puedo preguntarte a qué te dedicas?

—Nada interesante —dice ella arqueando las cejas—. Hace poco que vivo aquí y de momento trabajo en una cafetería mientras busco algo mejor. ¿Y tú?

—Soy actor.

—¿En serio? —exclama ella con los ojos muy abiertos. A Rodrigo le gustaría detenerse a contar cada una de las motitas ámbar en los ojos de Irene—. ¿Algo que haya visto?

—Lo dudo mucho —dice él mostrando la mejor de sus sonrisas—. Estoy trabajando en mi primera película seria, todo lo que he hecho anteriormente no pasa de serie Z. Videos de terror, además.

—No creo que haya visto nada de eso. —Su sonrisa es amplia y brillante, refrescante como una brisa del norte en verano.

—Bueno, al menos cuando sea famoso tendrás una interesante anécdota que contar.

—Ah, porque vas a ser famoso, ¿verdad?

—No hablo de ganar un Goya, pero yo creo que al menos a nominado puedo llegar.

—Estás muy seguro de ti mismo.

—No podría dedicarme a esto de otro modo.

—¿Y cómo voy a demostrar que conocí a la gran estrella antes que se hiciese famoso?

—Eso es fácil. —Rodrigo saca su teléfono del bolsillo y rápidamente conecta la cámara y extiende el brazo para hacer una foto. Irene acerca su cabeza a la de él y ambos sonríen a la pantalla—. Ahora sólo tienes que darme tu teléfono y mando la foto.

—Algo me dice que ya has usado este truco antes —dice Irene mientras le coge el móvil a Rodrigo y graba en él sus datos de contacto.

—¿Quién, yo? Nunca. —Le guiña un ojo mientras recupera su teléfono.

Los dos se miran a los ojos durante unos segundos, sus labios curvados en sendas sonrisas. De pronto unas luces resplandecen al otro lado de la ventana y un vehículo se para enfrente de la casa.

—¡La grúa! —exclama Irene levantándose.

Ambos se dirigen al exterior al mismo tiempo que suena el teléfono de Rodrigo. Él rechaza la llamada, asumiendo que se trata del mecánico, y no ve que en la pantalla aparecen las palabras NÚMERO OCULTO.

La lluvia se ha reducido a un leve chispear e Irene atraviesa la calle, cargada con su bolso, su chaqueta y los papeles del coche. Rodrigo se queda observando la escena desde el portal, seguro de que no puede hacer nada por ayudar. El mecánico levanta el capó y le hecha un vistazo al motor con su lamparilla eléctrica. Le pide a Irene que pruebe a arrancar. A continuación se acerca con una batería portátil para el arranque y prueba conectando las pinzas. El coche parece tener más voluntad de arrancar, pero sigue siendo incapaz de hacerlo. El mecánico habla con Irene y vuelve a la grúa. Rodrigo piensa en la posibilidad de que la avería no tenga arreglo inmediato y que Irene se quede tirada. Por supuesto que él podría llevarla a casa, pero es tarde y también podría invitarla a pasar la noche…

Irene cruza la calle y se acerca a Rodrigo.

—Parece que no es nada que pueda solucionarse ahora mismo —dice.

—Vaya —responde Rodrigo, usando sus mejores dotes de interpretación para fingir lástima por la situación, pero sintiéndose afortunado en el fondo.

—La grúa va a llevar el coche a un taller y dejarlo allí para que lo vean mañana. —Rodrigo observa que el mecánico, efectivamente, sólo está maniobrando su camión para situarlo delante del coche de Irene—. Luego me acercará a casa.

—Estupendo —finge Rodrigo.

—Muchísimas gracias por tu ayuda, Rodrigo. Encantada de haberte conocido. No olvides mandarme la foto, ¿de acuerdo?

—Descuida —dice él.

Irene se aleja agitando la mano y sube en el asiento de pasajero del camión grúa. Una vez afianzado el coche, el mecánico sube al volante y grúa y coche desaparecen en la oscuridad del reino del silencio.

II

Al día siguiente, el sol se abre paso con la fuerza de sus rayos entre las nubes rezagadas, un astro salvador secando los charcos del asfalto y el capó húmedo de los coches, desterrando la penumbra y los sueños reflejados en aguas negras. Su luz es bloqueada por persianas bajadas en casa de Rodrigo hasta que este, bien entrada la mañana, las levanta para dar la bienvenida al día. Hoy está libre y en su mente revolotea el recuerdo de la noche anterior, la sonrisa de Irene y sus pantalones ceñidos. ¿Es cierto que una hermosa mujer llamó a su puerta bajo la lluvia?, ¿o acaso fue sólo un sueño? Desconcertado, Rodrigo busca en la planta baja alguna evidencia de que la mujer estuvo allí y encuentra, en el fregadero de la cocina, las dos tazas que utilizó para la tila. Fue real, piensa esperanzado. No sabe de dónde viene esa esperanza, esa extraña ilusión que se columpia en la cuerda floja de un encuentro casual, acaso sólo una caprichosa broma del destino. Las incógnitas superan ampliamente en número a los datos revelados, pero es precisamente ese desconocimiento, esa masa informe de ignorancia, la que está llena de promesas. Es posible, por ejemplo, que Irene ya tenga pareja, ¿cómo podía estar soltera una mujer tan atractiva, salvo que así lo quisiera? Y si está soltera por voluntad, ¿por qué iba a interesarse por un actor cuyo futuro es una apuesta con menos probabilidades de premio que jugarlo todo al veintidós negro?

Rodrigo recuerda entonces su teléfono móvil. Allí encuentra la foto, una prueba mucho más consistente que las tazas huérfanas del fregadero. Y un número de contacto. IRENE. ¿Debe esperar? No quiere parecer desesperado, no quiere intimidarla con insistencia desmedida, pero tampoco quiere que la magia que despertó la pasada noche —así lo sintió él— se desvanezca.

Decide no apresurarse, quizás más tarde, a lo largo del día. Tal vez mañana. Trata de calcular bien el momento justo en que ella se pregunte qué ha sido de él y justo antes que su rostro y su nombre, y la foto que tomaron juntos, se desvanezcan de la memoria de ella, sustituidos por rutinas diarias, entrevistas de trabajo, pretendientes anónimos. De momento tiene otras cosas de las que ocuparse.

Rodrigo se prepara un desayuno y comprueba que su nevera está casi vacía. Necesita ir de compras, hacer la colada, fregar la pila de platos que se acumulan junto al fregadero.

Suena su móvil. Rodrigo ve un número que no reconoce en la pantalla. Cuando contesta, una voz seria y monótona le pide confirmar su identidad y la de sus padres, el domicilio de estos. Después suelta la bomba.

—Se ha declarado un incendio en la propiedad.

Rodrigo apenas oye nada más. Lo siguiente que sabe es que está en su coche, conduciendo a toda velocidad hacia la autovía. La casa de sus padres está a poco más de cien kilómetros, en su pueblo natal, lejos de su trabajo soñado, lejos de estudios, productoras y *castings*. Allí, entre recuerdos de su infancia materializados en libros escolares, colecciones de cómics y viejos pósteres, todavía residen sus abnegados padres.

El padre de Rodrigo es un hombre de los de antes, todo caparazón y rara vez un atisbo de corazón en el interior; insensible, sin un ápice de empatía pero con toda la simpatía que cabe esperar de un vendedor que ha pasado cuarenta años en la misma tienda, entre lavadoras, frigoríficos y televisores. Su posición en la vieja tienda de electrodomésticos permitió que en casa de Rodrigo nunca faltasen televisores, reproductores de música y vídeo, videojuegos. La jubilación abofeteó al hombre en la cara con un exceso de tiempo libre que se alojó en su vientre y lo hizo engordar rápidamente, cansando sus delgadas piernas que apenas sabían de reposo. Ahora pasa los días en el bar, entre amigos y carajillos, fichas de dominó y partidos de fútbol.

La madre, sin embargo, no tiene opción de jubilación. Su trabajo es perenne, bien sea entre fogones o frente a la lavadora, sujetando la plancha o tirando del carro de la compra. Hermosa y encantadora, la madre de Rodrigo guardó en un cajón sus sueños de ser artista —actriz, cantante, bailarina, *vedette*, cualquier

cosa sobre un escenario— cuando se casó, y
después transmitió la ilusión de ese mundo
mágico entre bambalinas a su hijo, el sentido de
supervivencia de un sueño luchando
desesperadamente contra su propia
desaparición. Ella sufrió, más que el acerado
padre, la rebeldía de un Rodrigo adolescente
con una ambición —en parte implantada por
ella misma y sus historias, pero la ironía no
mitigaba los sentimientos de una madre—
demasiado grande para un pueblo demasiado
chico; las rabietas y desapariciones, las réplicas
funestas sin verdadera intención, la falta de
cariño, la marcha lejos de casa, tan pronto
como le fue posible, del primer hijo.

Rodrigo tiene también una hermana,
Lorena, seis años más joven, pero ella está
demasiado lejos para hacer nada. Retomando el
bastón de la rebeldía tan pronto como Rodrigo
lo dejaba, Lorena sentía una aversión todavía
mayor que la de su hermano por su pueblo
natal, y ni siquiera la ciudad le parecía lo
bastante grande. Tan pronto como pudo se
marchó lejos, y después aún más lejos, hasta
que hoy, por lo que Rodrigo sabe, vive en algún
lugar de Rusia, pasando frío y traduciendo para
la nueva clase alta soviética.

Rodrigo por fin llega a su destino, atraviesa las calles del pueblo que tan bien conoce sin percibir los cambios en el paisaje; la proliferación de rotondas, la ampliación del parque de Cervantes, el derribo del viejo caserío, el nuevo supermercado. La casa de sus padres está al final de la calle, dos plantas de grueso muro sobre una cochera, paredes enyesadas amarillentas, ventanas con rejas pintadas de rojo. Está tal y como la recuerda. No hay rastro de humo, ni bomberos, ni servicios de emergencia. Nada. Nadie responde cuando Rodrigo llama a la puerta, pero eso le parece normal; su madre debe de estar con el carro en el mercado, su padre en el bar con los amigos y las fichas de dominó. Todo es una farsa. O una broma pesada.

Enfurecido, Rodrigo sube de nuevo al coche y conduce todavía más rápido que antes. Sólo encuentra una explicación y necesita una confirmación cara a cara, una prueba irrefutable en la que asentar la rabia que siente dentro. Una cosa son los sustos con disfraces de payaso psicópata, las llamadas anónimas donde sólo se escucha una respiración excitada, o colarse en su casa para sorprenderle en mitad de la noche. Pero esto es ir demasiado lejos, pretender que la

vida de sus padres está en peligro, hacerle
conducir a toda velocidad… Los *Podría*
comienzan a llamar a las puertas de su
imaginación. Podría haber tenido un accidente
de camino al pueblo. Podría haberse matado
por una broma estúpida. Podría haber matado a
alguien por una broma estúpida. Después
vienen otros *Podría*, los que le hacen sentirse
estúpido y culparse a sí mismo. Podría haber
llamado a sus padres antes de salir. Podría haber
pedido más datos a la voz que le llamó. Podría
haber comprobado la autenticidad de la
emergencia.

El almacén de Gorka está en un viejo
polígono industrial, la mitad de cuyas naves se
encuentran vacías y decoradas con carteles de
alquiler o venta. Rodrigo detiene el coche sin
molestarse en aparcar debidamente y avanza
dando rápidas zancadas entre los coches de
Luis, Tristán, Jessica y Gorka. Aporrea la puerta
de metal con furia, una y otra vez, hasta que
Gorka aparece al otro lado con gesto de
sorpresa.

—Rodri, tío, me alegro de verte.

—¿Dónde están ese par de capullos? —dice
Rodrigo, ignorando la mano tendida de su
amigo y abriéndose paso hacia el interior. El

viejo almacén de curtidos se ha convertido en un pequeño estudio de cine, pero el pesado olor a pieles todavía cuelga en el ambiente, pendiente de cada lámpara y cada foco, de los viejos muebles recogidos de la calle, del mural cubierto con una lona verde que utilizan para el *chroma*. Jessica y un chaval al que Rodrigo apenas ha visto un par de veces, pero que sabe que se llama Emilio, están trabajando en el maquillaje de Tristán, tratando de convertirlo en alguna especie de muerto viviente.

—¡Eh, Rodri! —grita Luis al verle—. Tienes que ver esto.

Luis sostiene una cámara digital, pero Rodrigo no le hace el más mínimo caso.

—Os habéis pasado —exclama.

—¿Qué? —Luis parece sorprendido, pero intercambia una rápida mirada con Tristán—. ¿De qué hablas, tío?

—De vuestra bromita —escupe Rodrigo—. Os habéis pasado, capullos. Esto es ir muy lejos.

—Vamos, hombre, no exageres —dice Luis.

—Sólo era una broma —añade Tristán desde la silla donde está recibiendo el maquillaje.

—¿Una broma? ¡¿Una broma?! —Rodrigo se acerca a Tristán—. ¿Te gustaría que a ti te hiciesen semejante broma?

Tristán se encoje de hombros, mirando a sus compañeros y esbozando una sonrisa con sus dientes torcidos entre el látex y la pintura facial. Rodrigo le quita de las manos a Emilio un cuenco lleno de la sangre falsa que emplean para el maquillaje y lanza su contenido sobre la cara de Tristán, bañando el rostro de rojo intenso.

Tristán se levanta de un salto y le propina un empujón a Rodrigo. Jessica se interpone entre ambos mientras Emilio retrocede y comienza a insultar a Rodrigo por su venganza impulsiva, por el derroche de la sangre, por lo mucho que les costó prepararla, por echar a perder el trabajo de maquillaje. Rodrigo y Tristán también se gritan uno a otro toda clase de insultos y tratan de empujarse y golpearse. Luis acude veloz y sujeta a Rodrigo mientras Jessica retiene a Tristán. Los separan.

—¿Pero qué cojones te pasa? —grita Luis—. ¡Sólo ha sido una broma!

—Pues esto también ha sido una broma —responde Rodrigo, deshaciéndose de su amigo con grandes aspavientos—. La última puta broma. Como volváis a llamarme… Os juro que…

Incapaz de encontrar las palabras, Rodrigo se da media vuelta y se marcha, abandonando el almacén. Cuando se dispone a subir al coche lo alcanza Jessica.

—Les he dicho muchas veces que se estaban pasando —dice.

—¿Sí? Pues ya ves de qué ha servido... —Rodrigo abre la puerta del coche y la vuelve a cerrar de un golpe—. Perdona, Jess. No es culpa tuya.

—Tranquilo. —Ella le pasa la mano por el brazo—. Ya sabes cómo son, sobre todo Tristán. Es como un niño.

—Un niño problemático.

—Sí. —Ella sonríe—. ¿Qué ha hecho esta vez?

—Me han llamado esta mañana diciéndome que la casa de mis padres estaba en llamas.

—¡Oh, no! —Jessica se lleva las manos a la cara.

—Y yo he conducido hasta allí como un loco, sólo para descubrir que no pasaba nada.

—Se ha pasado.

—Tres pueblos. Ya sé que les jode que yo esté trabajando en películas de verdad, pero no es para hacerme esto.

Rodrigo abre de nuevo la puerta del coche, dispuesto a meterse dentro.

—No es así, Rodri. A nadie le jode que te vayan bien las cosas. Nos alegramos por ti.

—Ya, claro. Sobre todo Tristán. Está entusiasmado.

—Lo digo en serio. —Rodrigo se sienta ante el volante y Jessica se inclina junto al coche—. Nos gusta hacer vídeos cutres, no tenemos tantas aspiraciones. Para nosotros esto es un *hobby*, no una carrera.

—¿Sabes lo que tardó Tristán en pedirme que le consiguiera un papel en la película?

—No lo dijo en serio.

—Y Gorka también, me dijo que si me enteraba de que necesitaban personal en el set de rodaje, que contase con él. A Luis lo conozco lo bastante bien, no tiene que decirme nada pero sé que le encantaría trabajar en el cine.

—A todos nos gustaría estar en ese mundo, pero nos alegramos de que tú lo hayas conseguido.

Jessica da un paso atrás cuando Rodrigo cierra la puerta del coche. Se acerca de nuevo cuando baja la ventanilla.

—Hablaré con Tristán —dice ella—. Si necesitas cualquier cosa, sabes que aquí me tienes.

—Gracias, Jess —dice él mientras se abrocha el cinturón.

Conduce de vuelta a casa pensando en sus amigos. Luis es el más antiguo, lo conoce desde la escuela primaria. Allí se hicieron amigos de manera natural, como dos polos magnéticos opuestos que se atraen sin planificación ni objetivo. Pronto Rodrigo se dio cuenta de que Luis era diferente de los demás, serio y reservado excepto cuando estaban a solas. No tenía más amigos, pero eso hacía que Rodrigo se sintiese especial, como si los dos ocupasen una posición privilegiada desde donde contemplar al resto del mundo. Conforme se hicieron mayores, su amistad no hizo sino estrecharse. Rodrigo siempre fue mucho más sociable y acudía a las fiestas de cumpleaños de otros compañeros, se relacionaba con ellos dentro y fuera de la escuela y sabía de sus vidas. Pero a Luis las vidas de los demás le parecían aburridas, todos estaban solos, decía, menos ellos dos. A los diez años incluso llegaron a sellar su amistad con un pacto de sangre: utilizando un cuchillo en casa de Luis —donde casi siempre estaban solos, ya que era hijo único y sus padres trabajaban—, se hicieron el uno al otro un corte en el dedo pulgar y juntaron las yemas, dejando que los fluidos rojos se mezclasen para convertirles en hermanos.

Luis se convirtió casi en parte de la familia de Rodrigo cuando, a los doce años, su padre falleció en un desafortunado accidente doméstico —una fatal caída por las escaleras después de haber tomado unas copas de más—. Su madre se sumió en una terrible depresión y los padres de Rodrigo comenzaron a hacerse cargo de Luis a menudo, llevándolo consigo de vacaciones los veranos e invitándole a quedarse en su casa siempre que quisiera.

El instituto separó a los nuevos hermanos en diferentes aulas, y Luis se volvió algo más abierto con los extraños. Su magnetismo particular, alimentado por su desarrollo físico —hombros anchos, vientre plano, piel morena— y un aura de misterio, comenzó a causar efecto en otros chicos y chicas. Aun así, Luis parecía mantener a todos a cierta distancia y Rodrigo era el único capaz de penetrar ese perímetro de seguridad. Así, mientras que Rodrigo perseguía primero a Marta, después a Catalina, Luis abrió las puertas de su círculo secreto a tres nuevos amigos. Tristán, el primero en unirse al grupo, era popular en la escuela por sus excelentes aptitudes para los deportes —equilibradas por unas notas nefastas en el resto de asignaturas— y su predisposición a pelearse con cualquiera sin requisito previo alguno. Odiado por los profesores y admirado por los alumnos, Tristán pasaba más tiempo fuera del aula que dentro de ella, y tenía la actitud perfecta para los proyectos que Luis tenía en mente desde que consiguiese su primera cámara de vídeo. Gorka, por su parte, era algo más reservado y discreto, y mucho menos popular. Otros alumnos o bien le ignoraban, o le señalaban con el dedo para burlarse de su pelo largo y rojizo, o de sus ropas siempre negras. Luis podía ver más allá de todo eso, sin embargo, y permitió a los demás conocer al verdadero Gorka, coleccionista de todo tipo de parafernalia —cómics, novelas, películas, series, figuras de acción, réplicas de armas, datos curiosos— y con las llaves de lugares secretos y maravillosos —el viejo almacén, un aparcamiento subterráneo, un viejo caserón deshabitado—. Gorka, para qué negarlo, era además un adorador incondicional de Luis en aquellos años, y Luis no era precisamente insensible a la adulación. La última en llegar fue Jessica, quien se alejaba voluntariamente de los grupos formados por otras chicas —cada vez que se le preguntaba al respecto respondía que las mujeres no saben hablar más que de chicos y de moda, palabras que acompañaba con el gesto de meterse los dedos en la boca para vomitar—. Jessica no parecía, al principio, tener ningún interés en los chicos, y sus gustos sobre moda eran, cuanto menos, diferentes. Solía llevar pantalones pitillo —vaqueros o tartán— que acentuaban sus piernas delgadas y finos tobillos, botas militares, chaqueta de cuero, camisetas y sudaderas desgastadas de tantos lavados. Cuando se maquillaba solía hacerlo con abundante rímel, pintalabios negro y laca de uñas a juego, pero no podía ocultar el abundante acné ni el amplio espacio del rostro que ocupaba su nariz. Años después, el maquillaje es menos frecuente y el acné se le ha corregido en gran parte, pero la nariz sigue igual. Rodrigo nunca ha sentido ningún interés romántico por Jessica y, al parecer, tampoco lo han hecho los demás. Ha habido épocas en las que apenas la veían, presumiblemente porque se había echado algún novio, pero Rodrigo nunca ha conocido a ninguno de esos hombres.

Sin duda la marcha de Rodrigo a la ciudad le distanció un poco de Luis, permitiendo que los lazos entre éste y los demás se estrecharán, pero nunca perdieron el contacto y al final han terminado viviendo a pocas calles de distancia. Luis heredó una buena suma tras la muerte de su madre y vendió todas las propiedades familiares para instalarse allí. Rodrigo, por su parte, consiguió una hipoteca gracias a la ayuda de su tío Jimeno y a su reciente contrato —y a su buena fortuna encontrando un vendedor que necesitaba el dinero urgentemente—. Pero, a pesar de estar tan cerca, parece como si una cuña se haya clavado entre Luis y él; las cosas ya no son como antes. Rodrigo está convencido de que sus amigos esperaban que les hubiera llevado consigo a la producción en la que trabaja, como si eso dependiese de él.

Cuando llega a casa, una vez aparcado frente al garaje, descubre que no quiere entrar. La puerta le vigila desde lo alto de tres escalones. ¿Qué le espera adentro? Sólo sombras. Una casa oscura y silenciosa.

Coge el teléfono y le envía un mensaje a Irene, acompañado de la foto que sacó la noche anterior. Después se reclina en el reposacabezas y cierra los ojos. Quizás se haya quedado dormido en el coche. No sabe cuánto tiempo ha pasado cuando escucha el sonido de un mensaje de respuesta. Irene le dice que está trabajando y le indica una cafetería del centro.

Al otro lado del parabrisas la casa se le antoja fría y vacía. Rodrigo pone en marcha el coche y conduce hasta el centro de la ciudad.

Irene trabaja en una pequeña cafetería moderna, de las que sirven *cupcakes* y *muffins* en vez de magdalenas y cruasanes, y los cafés tienen nombres como *latte* o *mocha*. Predominan los colores verde pistacho y marrón chocolate, con toques de naranja atardecer aquí y allá. Las mesas son ridículamente pequeñas, y en los rincones hay grandes sillones y sofás donde la gente se repantiga como si estuviesen en el salón de su casa. Rodrigo se sienta junto a un pilar, en un lugar discreto desde donde puede ver la barra y el ir y venir de los empleados, vestidos con pantalón negro y camisa verde pistacho. No ve a Irene, así que se dispone a esperar y pide un café. La camarera masca chicle y lleva una pinza para el pelo que es una enorme flor de plástico. Rodrigo está a punto de preguntarle por Irene cuando la ve salir por una puerta detrás de la barra. La observa durante unos segundos hasta que ella se percata de su mirada.

—Rodrigo —dice acerándose a él—. Me alegro de verte. ¿Cómo estás?

—Bien, ¿y tú? —Se saludan con dos besos y Rodrigo siente cómo toda la rabia y mal humor del día se desvanecen, agua sucia en una bañera que desaparece en una espiral por el desagüe.

—Aquí, trabajando. Muchas gracias por enviarme la foto, la imprimiré para que me la firmes antes que te hagas famoso.

—Será un placer… y cinco euros. —Le guiña un ojo.

—Vaya, veo que ya comienzas a cotizarte. —Irene saca un paño del bolsillo y lo pasa por la mesa de Rodrigo, aunque ya estaba limpia.

—Si me dedico a regalar autógrafos, cuando sea famoso habrá muchos en circulación y tendrán poco valor.

—Bien pensado. Tendré que darme prisa entonces, antes de que suban de precio.

—Sí. Aprovecha ahora.

—Me encantaría charlar más —dice ella mirando a la barra por encima del hombro—, pero tengo que trabajar.

—Claro, claro. No te preocupes.

—Quizás podríamos quedar luego…

—Sería genial —dice Rodrigo con una sonrisa.

—Termino a las ocho.

—Podemos ir a cenar, si te apetece.

—Me apetece —dice ella con una sonrisa coqueta.

—Nos vemos luego, entonces.

—Hasta luego, Rodrigo.

—Hasta luego, Irene.

La camarera de Rodrigo le trae el café al mismo tiempo que Irene se marcha, intercambia algunas palabras con sus compañeros tras la barra y desaparece por la puerta del otro lado. Rodrigo se dedica a beber su café —*espresso,* sin leche ni azúcar— en silencio, sin poder borrar la sonrisa de su rostro. Aunque mantiene una atenta vigilancia de la puerta detrás de la barra, no vuelve a ver a Irene y, veinte minutos después, decide irse.

El resto del día Rodrigo lo emplea en hacer la compra y organizar su casa, darse una ducha y afeitarse. Olvida por completo la llamada falsa de por la mañana, los kilómetros recorridos, la discusión con sus amigos. Todo ello queda a un lado, ensombrecido por la sonrisa de Irene.

Por la tarde, mientras se prepara para su cita, suena el timbre de la puerta. Rodrigo abre y se encuentra con la densa barba de su tío Jimeno. Se abrazan. El hermano pequeño de la madre de Rodrigo es probablemente la persona de su familia a quien el joven actor se siente más próximo. A pesar de los más de veinte años que les separan, Jimeno siempre ha tenido un espíritu joven y vividor. Soltero empedernido y viajero incansable, sus historias y sus amores no conocen fronteras y se extienden desde las selvas de Borneo hasta los desiertos de África, las montañas de América o las estepas rusas.

—¿Qué te trae por aquí, tío?

—Estaba por el barrio y se me ha ocurrido pasarme a ver qué tal te va. No pensaba encontrarte en casa, pero he visto tu coche aparcado.

—Tengo el fin de semana libre —dice Rodrigo con una sonrisa. Le invita a pasar al salón y saca unas cervezas de la cocina.

—¿Qué tal te va todo? ¿Estás a gusto aquí? —pregunta Jimeno.

Rodrigo tiene que dar gracias a su tío por su vivienda, ya que Jimeno le avaló frente al banco para conseguir la hipoteca. El tío de Rodrigo nunca parece andar falto de ingresos, aunque su trabajo nunca ha estado del todo claro. Cuando se le pregunta, Jimeno siempre resume diciendo que tiene *negocios*. Sus múltiples viajes son más que viajes de placer, en ellos aprovecha para conocer gente, hacer contactos, comprar, vender y descubrir oportunidades de inversión. Prefiere mantener los detalles en secreto, ya que, según él, son *la clave del éxito*.

—Genial, tío. No podría tener un lugar mejor.

—Me alegro. La próxima semana tengo un viaje, y quería asegurarme de que estás bien antes de irme.

—Estoy bien —dice Rodrigo con una sonrisa. Un *toc toc* en su cabeza le recuerda el asunto de la broma de sus amigos, la llamada, el viaje al pueblo, pero prefiere no hacer caso. No vale la pena hablar de las estupideces de Tristán, lo más probable es que Jimeno le recomiende deshacerse de esas amistades y buscar nuevos pastos, pero no es tan sencillo. Los amigos de Rodrigo pueden ser unos capullos, pero son sus amigos—. ¿A dónde vas esta vez?

—Polonia —responde Jimeno.

—Interesante.

—Me gustan las rubias. —Jimeno ríe y le da un trago a la cerveza.

—Me encantaría pasar el rato contigo, tío, pero tengo una cita esta noche.

—¡Ah! ¿Una cita? —Jimeno enarca las cejas sorprendido—. No me dejes que te haga llegar tarde, entonces. —Le pega otro trago a la cerveza y se levanta—. Sólo quería pasar por aquí y comprobar cómo estabas. Me alegro de que te vaya bien.

—Gracias, tío.

—Ya me contarás qué tal te va en la cita —añade Jimeno con un guiño.

A las ocho de la tarde Rodrigo espera frente a la cafetería, con su coche aparcado no lejos de allí. Irene aparece doce minutos después, vestida con un pantalón vaquero ceñido, zapatillas *converse* y una chaqueta oscura, cargada con un bolso enorme. Se saludan por segunda vez hoy

—¿Te gusta la comida tailandesa? —pregunta él—. Conozco un sitio estupendo.

—Me encanta —dice ella con una sonrisa.

Esa noche, entre platos de *Pad Thai, Khao Pad Pak* y *Kai Pad Med Mamuang,* Rodrigo e Irene cenan y hablan, hablan y se observan, se observan y se escuchan, y descubren que sus voces son dos frecuencias que se combinan en una misma melodía. Comparten sus historias de adolescentes, sus esperanzas y sus ilusiones, sus miedos y sus pesares.

Él le cuenta cómo es el pueblo donde nació y se crió, y cómo lo abandonó tan pronto como pudo, a los dieciocho años, para ingresar en una escuela de arte dramático en la ciudad. Rodrigo admite que fue afortunado porque su familia disponía de recursos; quizás su padre no ganase ninguna fortuna trabajando en una tienda de electrodomésticos de pueblo, pero su madre provenía de una familia pudiente y ella y su hermano Jimeno heredaron una buena suma tras la muerte de sus padres. Los padres de Rodrigo no dudaron en usar el dinero para ayudar a su hijo a cumplir su sueño. Tal vez ese aparente favoritismo fue lo que convirtió a Lorena en más una rival que una hermana, pero el problema, según lo ve Rodrigo, no es que sus padres le negasen a Lorena el apoyo incondicional para cumplir sus sueños, sino que ella carecía de sueños. Desde que Rodrigo puede recordar, Lorena fue una chica que se dejó llevar; se dejó llevar por las modas en el colegio, se dejó llevar por sus amigos en la adolescencia, hizo lo que hacían los demás y se comportaba como si mereciese que la vida le regalase cualquier cosa que pudiese necesitar.

Irene ha pasado por una experiencia similar. También se crió en un pueblo pequeño del que quiso salir, también tiene un hermano menor al que hace mucho que no ve. La relación con sus padres también se ha deteriorado con el tiempo y la distancia, como si la vida se hubiera empeñado en separarla de su familia. Pero de niña ella no tenía sueños como los de Rodrigo, más bien aspiraba a una vida sencilla, alimentada por pequeños placeres. Estudió para administrativo y confiaba en trabajar en una oficina, quizás opositar para un puesto de funcionaria. Irene aspiraba a tener un empleo que le diese poco quehacer para centrar su atención en otras cosas: amistades, relaciones, viajes, ocio, cultura… Por ahora, sin embargo, sus nada ambiciosos planes han resultado más difíciles de lo previsto y se encuentra atrapada en un empleo en el que necesita muchas horas para poder pagar unas pocas facturas.

A la cena le sigue un paseo, al paseo un rato sentados en un banco a la luz de la luna y, al banco le sigue un beso. Un beso perfecto durante el cual las estrellas se enternecen y dejan caer una lagrimita, un destello atravesando el cielo nocturno.

Cerca de la medianoche Rodrigo conduce hasta casa de Irene, un edificio de nueve plantas rodeado por otros edificios de nueve plantas en un barrio residencial moderno. En el coche, frente al portal del edificio, se besan de nuevo, con el extra de pasión que permite el reino de silencio nocturno. Rodrigo espera, desea, que Irene le invite a subir, pero ella no lo hace. Cuando por fin despegan sus labios, ella se despide con otro beso rápido.

—Prefiero no ir demasiado deprisa —dice ella. Rodrigo asiente con la cabeza. Hubiese asentido cualquier proposición, por sádica que fuese.

Irene sale del coche y vuelve la vista atrás varias veces mientras se acerca al portal. Rodrigo la observa marcharse y siente su entrepierna abultada. Cuando ella desaparece al otro lado de la puerta, él echa la cabeza hacia atrás y deja escapar un suspiro. Espera unos minutos para relajarse antes de arrancar y poner rumbo a su casa, fría y oscura.

El silencio acogerá a Rodrigo en su seno esta noche y lo mantendrá a salvo, ignorante de otros acontecimientos que se desenvuelven al amparo de las sombras.

III

A la mañana siguiente, Rodrigo se despierta con el dulce recuerdo de los labios de Irene. Al coger el móvil encuentra un mensaje de ella, enviado antes de las nueve. *Buenos días. Espero que pases un buen día. Te llamo luego.* Sonríe y se despereza. Hoy también tiene el día libre y se encuentra de buen humor, así que decide que saldrá a correr y se viste con sus mallas largas, camiseta transpirable y cortavientos, se calza las zapatillas de *running* y baja las escaleras. Sale al portal comenzando a calentar sus músculos, desperezando sus articulaciones y animando el bombeo de sangre.

Cuando cierra la puerta, esa misma sangre parece congelarse al instante en sus venas.

Toda la superficie de la puerta está decorada con torpes trazos negros. No, negros no. Rojo oscuro. Un rojo reseco, coagulado y arenoso.

HIJO DE PERRA.

Rodrigo se gira, otea la calle a un lado y otro, como si el perpetrador del mensaje pudiese estar observándole. Pero no ve a nadie. La calle está desierta, la mayoría de sus vecinos ausentes, sus plazas de aparcamiento vacías.

¿Quién ha podido hacer algo así? Se le ocurren dos nombres, aunque no quiere creer que sea cierto. No después de lo de ayer. Un nombre entonces. Una venganza. Ojo por ojo, sangre por sangre.

Furioso, rabioso, su cara se vuelve roja como la pintura antes de secarse en la puerta. Quiere apresurarse en busca de una compensación, una disculpa, una explicación. Pero no puede marcharse y dejar aquello escrito en la entrada, a la vista de todos sus vecinos. Quién sabe cuántos lo habrán visto ya, le habrán tapado los ojos a sus niños y habrán acelerado el paso escandalizados.

Rodrigo entra de nuevo en casa y reaparece con un cubo, agua, jabón y un estropajo. Comienza a frotar y el agua se tiñe de rojo. Ríos purpúreos se deslizan por la superficie de la puerta principal, el estropajo se torna rosa a medida que deshace los grumos bermejos. Afortunadamente, cuando termine no quedará rastro de la pintura.

Rastro, piensa. Puede que necesite un rastro, una prueba. Con el trabajo de limpieza a medio hacer se apresura en busca de su teléfono móvil y le hace una foto al resto de la pintada. Tan solo puede leerse E ERRA, pero es suficiente evidencia. Mientras frota arriba y abajo piensa por qué tiene un amigo tan imbécil. Frota de izquierda a derecha y piensa que ignorarle puede no ser bastante. Restriega de aquí para allá y piensa en cómo vengarse. Rasca la pintura seca y medita si vale la pena.

Terminado el trabajo de limpieza Rodrigo coge las llaves del coche y, todavía con su ropa de correr y sin desayunar, se pone en marcha hacia el polígono industrial. Es quizás algo temprano —para un domingo—, pero donde más posibilidades tiene de encontrar a sus amigos —¿ex-amigos?— es en el almacén de Gorka. Cuando están trabajando en un nuevo

proyecto le dedican todo el tiempo posible
antes de que la emoción y la novedad se disipen
y rompan el embrujo.

No hay coches aparcados frente al almacén.
Rodrigo golpea la puerta metálica, pero ya
imagina que no va a haber respuesta. Decide ir
a buscar a Tristán a su casa, dando por perdidos
los treinta minutos al volante en llegar hasta el
polígono. Tristán vive en un barrio antiguo y
humilde, de calles estrechas y ensombrecidas,
tendederos que se asoman en los balcones y
pequeños parques convertidos en galerías de
arte urbano. Los minutos dando vueltas en
busca de aparcamiento no le ayudan a mejorar
su humor. Nadie responde al timbre desde el
portal. Quizás su amigo le haya visto llegar y no
quiera abrir la puerta. Rodrigo saca el teléfono
del bolsillo y le llama, pero Tristán no contesta.

Última opción. Rodrigo decide ir a casa de
Luis. Quizás él sepa dónde se esconde Tristán,
quizás quiera saber cuál ha sido la última broma
del cabeza loca. Rodrigo quiere pensar que Luis
no tiene nada que ver, que todo ha sido obra de
Tristán, pero conduce con miedo a descubrir
que la realidad puede no estar de su parte.

Luis vive cerca de Rodrigo, en un dúplex
similar pero más grande, con jardín y piscina

comunitaria. A diferencia de Rodrigo, que obtuvo una hipoteca gracias a su contrato de trabajo y el aval de su tío, Luis consiguió las llaves gracias a la fortuna de sus padres —su padre tenía un buen seguro de vida, que su madre apenas tocó, y los ahorros disponibles a la muerte de ésta fueron considerables—, un signo más de la buena fortuna que parece haberle acompañado toda la vida.

Cuando llega frente a la entrada principal, Rodrigo reconoce el Ford Focus RS de Tristán aparcado fuera. Llama al timbre, pero nadie contesta. Está seguro de que están dentro, así que decide colarse de un modo u otro. Después de todo, ellos se metieron en su casa la otra noche. Tras comprobar que no hay nadie vigilando, Rodrigo salta con facilidad la puerta del jardín, que no tiene más que metro ochenta de altura. La puerta principal de la casa está cerrada, como era de esperar. Rodrigo examina las ventanas una por una; a la izquierda, grandes puertas correderas acristaladas conectan el salón con la terraza. Empujando ambas hojas descubre que una no está bien cerrada y se desliza en silencio. El interior está en penumbra, con las cortinas echadas y las puertas entornadas.

Rodrigo se mueve con cautela, tratando de no hacer ruido y, al mismo tiempo, de detectar cualquier indicio de dónde están sus amigos. Descarta el salón comedor y también la cocina y, en general, toda la planta baja. Conoce bien la casa porque ha estado en ella muchas veces; arriba hay cuatro habitaciones, dos habilitadas como dormitorios, una como despacho y la última como trastero. Rodrigo sube las escaleras de puntillas en dirección al despacho. Allí es donde Luis tiene su magnífico *iMac* de veintisiete pulgadas y donde hacen la mayor parte de la edición de los vídeos que graban.

Para su sorpresa, Rodrigo encuentra la puerta del despacho abierta y a nadie en su interior. La enorme pantalla espera negra y paciente. Sobre la mesa y en las estanterías hay CD, *pen-drives*, auriculares, cámaras, micrófonos y toda la parafernalia electrónica de Luis, que sería suficiente para montar su propia tienda. Decepcionado, Rodrigo echa un vistazo en los dormitorios y el cuarto trastero, pero también los encuentra vacíos y en silencio. Sólo le queda un lugar donde mirar.

En la planta baja, bajo la escalera, hay una puerta discreta, pintada del mismo color que la pared, que conduce al sótano, dos cuartos que conectan con el garaje donde Luis guarda su coche Audi A3 Sportback. Rodrigo abre la puerta del sótano con sumo cuidado y descubre, por primera vez desde que entrase hoy en la casa, una luz encendida.

Las escaleras son de obra, con escalones recubiertos de baldosas terrosas y un pasamanos de aluminio. Desde abajo llega la luz de una bombilla desnuda que cuelga del techo. Rodrigo desciende los escalones uno a uno, muy despacio, agachándose para intentar ver la habitación antes de que sus pies delaten su presencia. Si sus amigos están ahí abajo, podría aprovechar para darles un susto; eso sería sólo devolverles una de las bromas, Tristán todavía tendría que pagar por lo de la puerta.

La primera habitación del sótano parece desnuda y desangelada. Las paredes son blancas, de yeso, sin decoración alguna. El mobiliario se reduce a un armario de resina y un tablero montado sobre dos caballetes. Hay botes de pintura, sábanas viejas manchadas, cubos, cajas, sobras de yeso. Aquí es donde Luis pone a prueba su ingenio en la elaboración de efectos especiales caseros. Hay dos puertas; la más cercana a Rodrigo está entreabierta y al otro lado puede verse el coche de Luis. La otra está cerrada.

De pronto Rodrigo oye algo. Parece una risa, un cuchicheo. Un intercambio de comentarios en voz baja. Y a continuación un grito que apenas dura un segundo antes de ser acallado con algún obstáculo. Los ruidos proceden de la única habitación que le queda por examinar. Rodrigo piensa en entrar como un demonio, gritando que es la policía. O quizás gritando fuego, fuego. No. Simplemente aparecer de repente, sorprenderlos *in fraganti* en lo que sea que estén haciendo.

Agarra el tirador lentamente. Toma aire y con todas sus energías gira el pomo y abre la puerta. Al descubrir lo que hay al otro lado su grito pierde todo el volumen y se convierte en una mueca muda.

La habitación está pobremente iluminada por un foco cenital que derrama su luz en vertical sobre una mesa. Luis, Tristán, Gorka y Jessica están en torno a la mesa, vestidos con delantales de color rosa y guantes de látex rojo. Sobre la mesa descansa un cuerpo desnudo, piel blanca que resplandece a la luz del foco. La cara de Emilio mira a Rodrigo desde la mesa en un ángulo imposible para con el resto del cuerpo.

Sus ojos no ven nada, son sólo dos esferas lechosas, opacas. Conforme asimila la escena, Rodrigo se percata de más detalles. Un carrito junto a la mesa está lleno de sierras y cuchillos. Los guantes de látex no son rojos. Los delantales no son rosas.

Los cuatro jóvenes en torno a la mesa muestran una expresión de sorpresa en el rostro y, durante unos instantes, están tan congelados como el propio Rodrigo. Toda la escena parece un fotograma en pausa, salvo por un goteo rojo desde la mesa. *Plop, plop, plop.* Luis es el primero en reaccionar, dando un paso hacia Rodrigo. En su mano derecha sostiene un cuchillo largo y fino, y en la izquierda una cámara digital.

—Se suponía que no debías ver esto… —dice.

Rodrigo no sabe cómo responder. Por un momento espera que Emilio parpadee y le sonría, pero sus ojos siguen inmóviles. Tristán, Gorka y Jessica se alejan cada uno un paso de la mesa, moviéndose hacia los lados de la habitación. La mirada en sus rostros es seria, amenazadora. Tratan de disimular las armas que sostienen en sus manos. Luis parece mostrarse conciliador.

—No es lo que parece, Rodri.

Rodrigo da un paso atrás. Todavía sostiene el tirador de la puerta.

—Si nos das la oportunidad de explicártelo…

Tristán se acerca por la izquierda. Gorka por la derecha.

—No tienes que tener miedo de nosotros, Rodri.

Pero Rodrigo decide dar media vuelta, cerrar la puerta y salir corriendo, subir a saltos las escaleras del sótano. A sus espaldas oye la puerta siendo abierta de nuevo, gritos. Cierra el acceso al sótano al final de la escalera, pero no tiene ningún cerrojo. Atraviesa a la carrera el salón, tropezando con las sillas y derribándolas tras de sí. Sale por la puerta corredera de la terraza y cruza el jardín para abandonar la propiedad y regresar a la seguridad de su coche. Una vez en el asiento, cierra las puertas con seguro y observa la entrada de casa de Luis, convencido de que en cualquier momento lo verá aparecer, con el delantal rosa que no es rosa y los guantes rojos que no son rojos. Pero nadie aparece. Rodrigo se calma ligeramente. Se alegra de no haber comido nada todavía, o ahora mismo estaría vomitando sobre las esterillas.

Se debate entre quedarse en el coche o salir de nuevo, salir o marcharse de allí cuanto antes. ¿Y si todo ha sido un malentendido?, piensa. Una jugarreta de su mente. ¿Eran efectos especiales baratos lo que tenían Luis y los demás en aquella habitación del sótano? ¿Era sangre lo que había en sus manos o sólo una mezcla de agua, miel, cacao, maizena y colorante? ¿De verdad era la cara de Emilio lo que había visto, o sólo una máscara de látex?

El sonido del teléfono y la vibración en sus pantalones saca a Rodrigo de su ensimismamiento. Un número desconocido aparece en la pantalla. Por unos instantes teme contestar.

—¿Sí? —dice finalmente.

La conversación le resulta familiar. Una voz seria y monótona que ya ha escuchado antes. La confirmación de una identidad, unos padres, una dirección. Ocho palabras que ya conoce.

—Se ha declarado un incendio en la propiedad.

Rodrigo cuelga inmediatamente. Levanta la vista hacia casa de Luis, pero sigue sin haber nadie allí. ¿Es la misma broma de nuevo? No está seguro si es exactamente la misma voz que escuchó ayer, apenas está seguro de que recibiese una llamada de los servicios de emergencia y necesita comprobar el historial de llamadas recibidas para confirmar que también aparece una de un número desconocido, y tres llamadas perdidas de número oculto. Pero el número desconocido de hoy no es el mismo de ayer. ¿Significa eso que la de hoy es cierta? Si fuese así, no podría perdonarse ignorarla. Con dedos temblorosos, busca en la agenda y llama a casa de sus padres, pero no hay respuesta; sus padres deberían estar en casa a estas horas.

Rodrigo gira la llave en el contacto y se pone en camino hacia su pueblo natal. Por el camino piensa que no es justo. Qué es lo que está pasando. Por qué estas bromas crueles.

Su llegada al pueblo es un *déjà vu* que le lleva de nuevo ante la casa de sus padres, intacta. Rodrigo se apea del coche y se aproxima a la entrada. Llama al timbre. Se abre la puerta y aparece una mujer de unos setenta años, pelo corto teñido y un delantal azul. Rodrigo la observa sin reconocerla. Ella hace lo mismo.

—¿Quién es? —dice la voz de un hombre desde dentro de la casa.

—¿Qué desea usted? —pregunta la mujer.

Rodrigo se ha quedado mudo y no sabe qué contestar.

—¿Es el cartero? —pregunta la voz de hombre.

—¿Está usted bien, joven? —dice la mujer—. ¿Puedo ayudarle en algo?

—Si es un comercial no queremos comprar nada —grita el hombre.

—Creo que es alguien que se ha equivocado —grita de vuelta la mujer.

—Tampoco queremos un nuevo contrato telefónico, ni gas natural, ni televisión por cable.

—Que no, que creo que no quiere vendernos nada.

—Disculpe… —Rodrigo por fin rompe su silencio—. Estoy… estoy buscando a Matías y Fernanda, ¿no… no viven aquí? —La pregunta le parece absurda. Pues claro que viven aquí. Él mismo ha pasado su infancia entre estas paredes. Aunque no reconoce los muebles que puede ver en el pasillo, por encima del hombro de la mujer, sabe perfectamente que a la izquierda está el comedor, y a la derecha el saloncito con la mesa camilla; al fondo está la cocina, una puerta al patio y las escaleras que llevan al piso de arriba, donde hay tres habitaciones, una de las cuales está habilitada como cuarto de costura.

—No conozco a ningún Matías ni ninguna Fernanda —dice la mujer.

—¿Qué quiere? —dice el hombre asomándose al vestíbulo desde el comedor.

—Busca a Matías y a Fernanda —le responde la mujer.

—¿Fernanda la del boinas?

—¿La mujer del boinas se llama Fernanda? —dice la mujer—. Pero el boinas no se llama Matías, ¿verdad?

—No, es Eusebio.

El hombre se acerca a la puerta. Es de corta estatura y mayor edad que la mujer, y lleva una chaquetilla de punto sobre una camisa bien planchada. Observa a Rodrigo de arriba abajo y parece buscar en su memoria algún dato que le permita identificarle.

—¿Quién es usted, joven? —dice al fin, dándose por vencido.

—Me llamo Rodrigo y… estoy buscando… Quiero decir… Esta es la casa de mis padres.

El hombre niega con la cabeza, muy serio.

—Esta es mi casa —dice—. Y no tengo ningún hijo que se llame Rodrigo.

—M-mis padres son Matías y Fernanda, han vivido aquí toda la vida.

—¿Seguro que no estás confundido? —dice la mujer en tono conciliador.

Rodrigo da un paso atrás para comprobar el número del portal. Número doce, por supuesto. Es absurdo comprobarlo porque está claro que ésta es la casa de sus padres. ¿Quiénes son entonces estos extraños?

—…Yo creo que está drogado —le susurra la mujer a su marido.

—No estoy drogado —exclama Rodrigo de pronto—. Ni loco. Esta es la casa de mis padres y exijo saber ahora mismo dónde están. ¿Qué han hecho con ellos?

El hombre empuja a su mujer hacia atrás y sujeta la puerta abierta.

—Mira, muchacho, creo que te equivocas de casa, o de calle, o de pueblo. —Se dispone a cerrar la puerta.

—¡No, espere! —grita Rodrigo frenando la puerta con una mano—. Ya estoy harto, si no me dice ahora mismo qué está pasando aquí llamaré a la policía.

—Si no te vas de aquí los llamaré yo mismo —sentencia el hombre, y con un empujón cierra la puerta.

Rodrigo se queda atónito, de pie frente a la casa que le vio crecer pero que ahora no le reconoce. Lentamente se vuelve y regresa a su coche. No entiende qué es lo que está sucediendo. Considerando incluso que pueda estar confundido, repasa uno por uno los elementos que habitan en su memoria, consolidados como roca caliza. La carretera que antes atravesaba el pueblo y ahora lo rodea con una serie de avenidas y rotondas; el nombre del pueblo, que de pequeño deformaba en anagramas, o le amputaba letras para injertar otras y crear nuevos topónimos; el camino que lleva hasta la calle donde se encuentra, y que ha recorrido hoy, atravesando una calle ancha sembrada de castaños, el parque de Cervantes, la panadería del Horno Viejo, las escaleras de la ermita, la plaza donde jugaba de niño con Luis… No, no le cabe la menor duda que está en el lugar correcto. Sus padres deberían vivir en esa casa.

Recurre al teléfono. Llama de nuevo a casa de sus padres, pero no hay respuesta. Unos años atrás, a regañadientes, su padre aceptó un teléfono móvil, un modelo antiguo y sencillo de utilizar, de esos que se abren para contestar y se cierran para colgar. Pero la mayor parte del tiempo el teléfono estaba sin batería, el cargador olvidado en algún cajón de casa —¿de qué casa, si no de la que tiene Rodrigo delante?–. Aun así lo intenta, Rodrigo hace la llamada. *El teléfono al que llama está apagado o fuera de cobertura.* Su madre no ha querido nunca saber nada de teléfonos móviles, por mucho que sus amigas los utilicen incluso para hacer video-llamadas con hijos emigrantes.

Rodrigo respira hondo, con el estómago. Inspirar, expirar. Lo repite varias veces hasta sentirse algo más calmado. Seguro que todo tiene una explicación. No sabe cuál, pero tiene que haber una, algo tan simple que le hará quedar como un estúpido. Para todo. Para la casa de sus padres, para las llamadas de emergencia, para la extraña visión de sus amigos con guantes rojos que no eran rojos. Quizás está siendo víctima de algún nuevo programa de televisión. Sí, quizás haya una cámara oculta siguiéndole, grabando cada uno se sus movimientos. Una broma maestra por parte de sus amigos con la colaboración del equipo de producción de una cadena de televisión. Efectos especiales baratos en el sótano de Luis. Unos actores interpretando un papel en casa de sus padres. Puede ser, sí. Tiene que ser eso. Algo así.

Se siente más calmado. Si están jugando con él, lo mejor que puede hacer es no ponerse nervioso, no montar escenas ni gritar en plena calle. De momento. Quizás pueda invertir la situación, convertir a los bromistas en víctimas, a la víctima en verdugo. Al relajarse y comenzar a pensar de esta manera, Rodrigo siente hambre. Se da cuenta que ya ha pasado la hora de comer y no ha tomado ni un café desde que se levantó esta mañana.

Conduce de vuelta a la ciudad y se detiene en un restaurante de comida rápida. Saborea una hamburguesa grasienta con gran cantidad de patatas fritas y un vaso enorme de refresco azucarado. Pretende estar relajado, aunque la conciencia de la incongruencia que supone su ropa —todavía viste mallas de correr y rompevientos— en un restaurante como ese le hace sentirse incómodo e hipócrita. Se apresura a terminar de comer y vuelve al coche.

Por el camino a casa conduce atento al espejo retrovisor en busca de una furgoneta blanca imitando cada uno de sus giros y desviaciones. No consigue las evidencias que busca acerca de una cámara oculta, pero tampoco detecta pruebas de lo contrario. Puede que le sigan en varios vehículos, o incluso que hayan ocultado una cámara en su propio coche... Asustado, repasa con detenimiento el salpicadero en busca de cualquier elemento sospechoso, pero no encuentra nada. Una vez en casa se mueve tal y como haría uno de sus personajes. Trata de interpretar un papel, seguro de que en algún sitio hay un objetivo enfocándole. Confía que habrán respetado la intimidad del cuarto de baño, así que se lleva allí una muda de ropa, se da una ducha y se viste.

Ya es media tarde cuando desciende de nuevo a la planta baja. Los acontecimientos del día comienzan a difuminarse en la frecuencia de razonamiento que pone a Rodrigo como protagonista de un nuevo *reality-show*. Tratando de no pensar en la crueldad de la broma y dejar para más adelante, para cuando todo se resuelva y se apaguen los focos, las posibles consecuencias, Rodrigo decide acercarse a la localización donde se está rodando la película en la que participa. Mañana le toca volver al rodaje y le vendrá bien repasar con el director el plan de trabajo.

Una calle invadida por furgonetas y camiones, la acera por baúles plateados sobre ruedas, cables, trípodes, focos. Rodrigo se mueve a través de los obstáculos, pero cuando se acerca a la casa alguien lo detiene.

—No puede pasar —dice. Es un tipo vestido de negro, pantalones cargo y cazadora. Rodrigo reconoce su papel en el escenario de rodaje como encargado de seguridad, aunque su cara no le dice nada.

—Trabajo aquí —dice Rodrigo.

—No lo creo —responde el hombre de negro.

—¿Cómo que no lo crees? —Rodrigo puede entender que un empleado nuevo no le reconozca a primera vista, tampoco es que sea una estrella famosa ni nada parecido, pero al menos podría tener la deferencia de consultarlo con alguien más—. ¡Soy el actor protagonista!

El hombre de negro se ríe, una risa socarrona, chulesca.

—¿Crees que me chupo el dedo? —dice plantándose firme—. El actor protagonista está en la casa, rodando. Y no se parece en nada a ti.

—¡Oye! No sé de dónde has salido, pero te digo que yo trabajo en este rodaje, así que déjame pasar ahora mismo o llama a Víctor y aclaramos esto.

—Lo siento, *bro*. No pasas.

—¡Pero será…!

Rodrigo se da media vuelta, gira de nuevo, vuelve a darle la espalda al de seguridad y finalmente se lanza como un rayo, intentando pasar entre el color negro de la cazadora y el de un camión de iluminación y sonido. Siente una mano que le agarra la chaqueta, pero extiende los brazos y deja que su chaqueta se quede atrás mientras él sigue corriendo.

Esquiva un remolque gris.

Salta sobre un sedán azul.

Está frente a la casa donde se rueda *No estás solo*.

Alguien se acerca en dirección contraria cuando Rodrigo siente un tirón en el cuello y escucha el desgarro de su jersey. Esta vez no logra zafarse y unos brazos negros se enredan alrededor de su cuello, inmovilizándolo. Rodrigo extiende los brazos hacia la mujer que se acerca hacia él, gritando:

—¡Sonia! ¡Sonia!

La asistente de producción se acerca, sorprendida, pide explicaciones.

—Este tipo asegura que trabaja en la película —dice el de seguridad—. Cree que es el actor protagonista.

—Déjame ver su cara —dice Sonia.

Rodrigo siente como es zarandeado y exhibido delante de la mujer como si fuese un muñeco de feria. Tiene la boca abierta, apenas puede respirar y probablemente esté poniéndose azul. No debe ser su mejor estampa.

—Nah, no lo conozco de nada —dice Sonia—. Debe ser otro *friki*. Haz que se largue.

—Encantado.

El de seguridad tira de Rodrigo, lo arrastra hasta la barrera de coches, camiones y vallas. Finalmente le suelta el cuello y lo empuja de una patada. Rodrigo cae rodando por el suelo, tosiendo, tratando de tomar aire.

—Como vuelvas a intentar algo te parto los dientes, ¿te enteras? —dice el de seguridad, lanzando la chaqueta.

Rodrigo se pone en pie y se aleja cuanto antes, sin mirar atrás, de vuelta a su coche. ¿Qué está sucediendo?, se pregunta. Los acontecimientos del día vuelven a enfocarse con claridad meridiana. Esto ha ido demasiado lejos para ser una broma, ha sido agredido físicamente. ¿Dónde están las cámaras? ¿Dónde están?

IV

El silencio reposa de nuevo en su trono sombrío. Rodrigo se acurruca en un sillón de su salón, sosteniendo en sus manos un vaso de whisky de la isla de Jura, sin hielo. La botella fue un regalo de sus amigos cuando se mudó al dúplex, pero apenas la había tocado hasta ahora. En realidad no le gusta el sabor áspero, pero cree firmemente en la idea —otro más de los clichés que abundan en su trabajo, y que no por manido tiene que ser falso— de que una copa sirve para calmar los nervios, y ahora mismo tiene muchos que calmar. Ha regresado a casa en un extraño modo de piloto automático, una meditación instintiva que suspende temporalmente todo pensamiento para centrar la atención en pisar el acelerador y el freno, controlar el embrague, meter primera, después segunda, después tercera, manos a las dos menos diez, intermitente, segunda calle a la derecha, todo recto por la avenida, salida hacia la autovía, incorporación al tráfico, adelantamientos, espejos retrovisores, límite de velocidad. Su mente sólo se ha reactivado ahora mismo, en el sillón, sosteniendo el vaso de whisky que apenas ha probado.

La idea del *reality show* yace hecha añicos ante él. No tiene sentido haberla llevado tan lejos, no puede ser que sus amigos hayan implicado a la productora que le emplea. Luis, Tristán y los demás son amigos de hace años, pero Sonia es su jefa, y sí, bueno, quizás haya sido algo más en algún momento, pero se toma su trabajo demasiado en serio como para participar en este tipo de farsas. El rodaje de *No estás solo* tiene unos plazos, ocupar la casa un sólo día más de lo planeado conlleva un importante gasto, no puede ser que se hayan sumado a la pantomima.

Quizás está perdiendo la cabeza. Quizás no es la realidad la que se está resquebrajando, sino su propia mente. ¿Puede sufrir demencia a los veintiocho años? ¿Puede estar confundiendo el pueblo donde se crió, el lugar donde trabaja? Una vez leyó una historia sobre un tipo que confundía la cara de su mujer con un sombrero; el tipo sabía lo que era un sombrero, y sabía quién era su mujer, pero al tenerlos delante no era capaz de distinguir el uno del otro. Algún extraño cruce de cables en su cerebro le había llevado a asociar el estímulo visual con la idea abstracta equivocada. ¿Le está ocurriendo algo así a Rodrigo? Quizás haya estado en un pueblo completamente diferente, pero su mente creía que era aquel donde se crió. Quizás haya acudido al rodaje de una película diferente y su mente a sobreimpuesto el concepto abstracto de Sonia sobre el estímulo visual de una persona cualquiera en un rodaje cualquiera.

Una nueva explicación recoge los fragmentos de la idea del *reality show* y los recompone, como en un puzzle chino, formando la nueva conclusión de que tiene un problema mental. Necesita ver a un médico cuanto antes, necesita una receta para calmantes, ansiolíticos, antidepresivos o lo que sea que le haga estar bien de nuevo. Rodrigo abandona el vaso de whisky con su contenido casi intacto sobre la mesa de café, regresa a la calle y a su coche. Conduce hasta urgencias en el hospital más próximo.

—Tengo problemas para discernir la realidad —le explica al enfermero. Éste lo mira con una ceja alzada y le pide la tarjeta sanitaria.

Media hora más tarde Rodrigo accede a una habitación donde una mujer con bata blanca le toma la tensión y le hace varias preguntas sin apenas mirarle a la cara. Le pregunta, sobre todo, si está en tratamiento psiquiátrico, si toma algún tipo de medicación o si ha ingerido drogas en las últimas horas. No, no y no, pero la última pregunta deja un regusto amargo en el paladar de Rodrigo. Drogas. ¿Es posible que todo esto sea causa de alguna droga? ¿Puede ser que alguien le haya dado algo sin darse cuenta? Rodrigo ha tenido sus experiencias —porros de marihuana con sus amigos cuando todavía vivía en el pueblo, alguna pastilla de éxtasis en la gran ciudad, quizás una raya de coca una noche, no está seguro—, pero no es un consumidor habitual y desde luego no ha tomado nada, voluntariamente, en los últimos días.

Cuarenta minutos más de espera y Rodrigo es atendido por el psiquiatra de guardia. No lleva bata blanca, pero sí unas gafas pequeñas de fina montura metálica. Sonríe con amabilidad y examina con una pequeña linterna las pupilas de Rodrigo.

—¿Puede explicarme lo que le está ocurriendo? —pregunta tomando asiento el doctor.

—Lo cierto es que no lo sé —responde Rodrigo—. Es como si la realidad se hubiese olvidado de mí, como si lo que creo que es verdad no se correspondiese con lo que me encuentro. Mis padres no están donde deberían, en su casa del pueblo hay dos extraños; en el trabajo no me reconocen y me tratan como a un intruso...

Las palabras se atropellan saliendo de su boca y el doctor le interrumpe.

—Cuénteme cómo empezó todo. ¿Cuáles fueron los primeros síntomas?

Rodrigo se retrotrae hasta la primera llamada que le alertaba de un incendio en casa de sus padres, ¿o aquello fue sólo una broma de Tristán?

—Ni siquiera sé qué es un síntoma y qué no lo es —dice Rodrigo con voz temblorosa. Después le narra la visita a casa de sus padres, donde no estaban sus padres, y la localización de rodaje donde no le reconocieron. Menciona las bromas de sus amigos, las llamadas y la pintada ofensiva en la puerta, pero omite la sorpresa que encontró en el sótano de Luis; quiere convencerse de que aquello fue un malentendido, un experimento con efectos especiales, ya que cualquier otra explicación le resulta demasiado horrible de concebir.

—Lo que usted me cuenta —sentencia el doctor con una sonrisa que pretende ser tranquilizadora— se corresponde con los síntomas de un trastorno psicótico breve, quizás un trastorno esquizofreniforme. Ha tenido usted una excelente respuesta al acudir a urgencias, la mayoría de los pacientes de estos trastornos lidian con las alucinaciones durante semanas antes de recibir ayuda.

—Entonces, ¿tiene solución?

—Por supuesto que la tiene, no hay de qué preocuparse. Los tratamientos convencionales incluyen drogas antipsicóticas para frenar los síntomas a corto plazo y psicoterapia para analizar a fondo las raíces del problema. En ocasiones, algún suceso traumático, incluso si es sólo una reminiscencia que despierta un trauma anterior, puede activar una predisposición genética en las neuronas del sistema nervioso y producir este tipo de desajustes; en otras ocasiones, un accidente, una lesión, o incluso un cambio de dieta, puede también producir estos efectos.

Una sonrisa se dibuja en el rostro de Rodrigo. Por fin todo queda aclarado; está enfermo. Eso es todo. Enfermo, nada más. El mundo vuelve a tener sentido y la realidad se recompone ante él. Tomará medicación, acudirá a terapia, seguirá un tratamiento y podrá continuar su vida con tranquilidad. Siente como si un peso se levantase de sus hombros.

—…Claro que los antipsicóticos —continúa el doctor— nos obligan a utilizar otros medicamentos para contrarrestar los efectos secundarios, como temblores o discinesia, y éstos a su vez tienen sus propios efectos secundarios (insomnio, depresión…). Después encontramos que la psicoterapia es un proceso largo y complejo, que requiere por parte del paciente un compromiso que va mucho más allá de la ingesta de unas pastillas dos veces al día. Muchas personas se sienten cohibidas a la hora de confesar sus más profundos secretos, sus pecados y sus deseos, a un extraño; y, sin embargo, sin la más absoluta sinceridad, la terapia nunca puede ejercer todo su potencial.

—¿Hay alguna alternativa mejor? —pregunta Rodrigo.

—Afortunadamente la hay, amigo mío. Ha tenido usted suerte de encontrarme de guardia esta noche. Precisamente he estado supervisando una tesis doctoral sobre la terapia electroconvulsiva y sus desatendidas posibilidades en el campo de la salud mental.

—¿Terapia electroqué?

—Electroconvulsiva. Inducción de convulsiones mediante electricidad. Es, por decirlo llanamente, como resetear el cerebro.

—¿Quiere usted hacerme una lobotomía? —Rodrigo comienza a sentirse asustado.

—No, no, no, amigo mío —dice el doctor extendiendo las manos—. Por favor, no se confunda usted. La lobotomía es una psicocirugía prohibida que lesiona intencionadamente una parte del cerebro. Yo le estoy hablando de un tratamiento psiquiátrico no invasivo cuya eficacia está más que probada en el tratamiento de la manía compulsiva, la catatonia y la esquizofrenia. Las modernas técnicas e instrumental médico nos permiten una precisión sin precedentes en la aplicación de descargas eléctricas focalizadas. Es un procedimiento rápido, sencillo, indoloro, de resultados inmediatos y, lo que es más importante, definitivos.

—¿Tiene algún riesgo? —Rodrigo inclina la cabeza.

—Oh, ninguno del que deba preocuparse, amigo mío. Tiene más riesgo al cruzar una calle con el semáforo en rojo, y todos lo hemos hecho alguna vez, ¿verdad?

—¿Qué clase de riesgo, exactamente?

—No le aburriré con los detalles técnicos y la jerga médica, pero existe una minúscula probabilidad de pérdida de memoria, normalmente sólo temporal. Pero el joven doctor Adarre, una verdadera promesa de la medicina, y yo hemos desarrollado un procedimiento que reduce este riesgo a un porcentaje básicamente despreciable.

—¿Qué porcentaje?

—Menos de un cero coma cinco por ciento, según nuestras estimaciones.

—¿Estimaciones?

—Bueno, el procedimiento es nuevo, como le he dicho. Todavía no se ha empleado un número significativo de veces como para elaborar una estadística fiable.

—¿Cuántas veces exactamente ha llevado a cabo este procedimiento?

—Bueno, yo… —El doctor parece dudar unos instantes—. Personalmente, ninguna, pero

he supervisado las investigaciones del doctor
Adarre y su modelo es sólido.

—No se lo tome a mal, pero creo que
preferiría probar con los antipsicóticos primero.

—Tonterías —dice el doctor agitando una
mano—. Su problema puede estar solucionado
en una hora, ¿para qué esperar más?

—Me gustaría tener una segunda opinión.

—Eso no será necesario.

—¿Disculpe?

El doctor se levanta y rodea la mesa,
atravesando la consulta hacia la puerta.

—No creo que necesite usted una segunda
opinión, amigo mío. Porque mañana por la
mañana no tendrá queja alguna.

Rodrigo se levanta de la silla como
impulsado por un resorte. No le gusta el cariz
que está tomando la conversación.

—Agradezco mucho su información,
doctor, pero creo que ya estoy mucho mejor.

—Tonterías. —El doctor abre la puerta y
hace algún gesto al otro lado—. Está usted
enfermo y no puedo dejar que abandone el
hospital hasta que no haya sido tratado.

—¿Qué está diciendo? Usted no puede
retenerme aquí.

—Me temo que sí que puedo —dice el doctor. Dos hombres aparecen en la entrada de la consulta—. Es usted un paciente con síntomas de psicosis, incapaz de discernir la realidad. Constituye usted un peligro para sí mismo, si no para los demás. —Los dos hombres se acercan a Rodrigo, extendiendo sus brazos hacia él—. Pero no se preocupe. Está usted en buenas manos. Mañana todo habrá pasado.

Los hombres agarran a Rodrigo de los brazos. Él intenta zafarse, pero ellos ofrecen una resistencia propia de luchadores.

—¡Suéltenme! —grita—. ¡Quítenme las manos de encima! ¡Esto es un asalto!

¡No pueden hacerme esto!

—¿Lo ve? —dice el doctor—. Su demencia ya se está tornando en agresividad. Si no intervenimos inmediatamente alguien podría acabar herido. Por suerte tengo todo lo necesario para llevar a cabo el procedimiento.

El doctor abandona la consulta y los dos luchadores le siguen, tirando de Rodrigo, que se retuerce y debate entre cuatro brazos. Al acercarse a la puerta Rodrigo confía su peso a los sanitarios, levanta los pies y, apoyándolos en el marco, se impulsa hacia atrás. Uno de los luchadores choca contra la mesa; al suelo caen papeles, bolígrafos, un teclado y un monitor TFT. Rodrigo siente liberarse su brazo derecho y, cerrando el puño, lo lanza contra el rostro del hombre al otro lado. Sus nudillos impactan contra duro hueso, la presa se afloja y Rodrigo repite el golpe, dos, tres veces, hasta que su brazo izquierdo queda libre. Inmediatamente se lanza hacia la puerta, embistiendo con el hombro al doctor que trata de cerrarle el paso.

Dejando atrás el sonido de estanterías y muebles viniéndose abajo, Rodrigo corre por los pasillos del hospital, deshaciendo el camino que siguió al llegar a urgencias, ignorando las caras de sorpresa en personal y pacientes. Sale al exterior y no deja de correr hasta alcanzar su coche, no se detiene hasta sentirse a salvo dentro, con el seguro puesto.

Nadie ha venido corriendo tras él, pero quizás no tarden en hacerlo. Llamarán a la policía. Rodrigo arranca y abandona el hospital tan rápido como puede sin levantar sospechas. Conduce de nuevo a casa, repitiéndose una y otra vez la misma pregunta: ¿de verdad ha ocurrido lo que cree que ha ocurrido? La pregunta se multiplica a través de una lluvia de mitosis que dan lugar a más y más preguntas.

¿Es verdad que está enfermo? ¿Decía la verdad el doctor, podía haberle curado? ¿Puede un hospital obligarlo a tomar un tratamiento sin su consentimiento? ¿Ha perdido el juicio por completo?

Cuando llega a casa encuentra aparcado frente a ella un coche que le es familiar. Un Nissan Micra gris. Irene. Ella le espera en la puerta, envuelta en una chaqueta negra.

—Rodrigo —dice al verle apearse del coche—, ¿estás bien? Te he estado llamando todo el día…

Él coge entonces su teléfono, que descansaba en el bolsillo. Tiene cinco llamadas perdidas. No recuerda haberlo oído sonar, pero ya no sabe si puede fiarse de lo que recuerda, de lo que sabe, o siquiera de lo que ve. ¿Quién es Irene en realidad? ¿Fue casualidad que apareciese aquella noche frente a su puerta? ¿Está involucrada en una gigantesca broma de la que participan la productora y los empleados del hospital? Las preguntas se siguen multiplicando como células cancerosas, imparables.

—Lo siento, me había dejado el móvil en silencio —miente; o no.

—¿Estás bien? —dice ella. En su rostro se dibuja un gesto de preocupación—. Tienes mala cara, estás pálido…

—No… No lo sé.

Rodrigo se dirige a la puerta, la abre. Irene le sigue al interior de la casa, cierra la puerta tras ella. Él se deja caer en el sofá y rompe a llorar.

—¿Qué sucede? ¿Ha ocurrido algo hoy?

Ella se sienta a su lado y le rodea con el brazo. Las lágrimas se derraman como dos cascadas mientras él hunde su cara en el pecho de ella. Irene le abraza con ternura.

—No sé qué está pasando —dice él al fin—. Creo que me estoy volviendo loco…

—¿Qué es lo que pasa, Rodrigo? Cuéntamelo, por favor…

Él le cuenta todo, sin ocultar nada. Separa los labios y las palabras se derraman imparables entre sollozos, una cascada de hechos inverosímiles que no han podido ser digeridos. Las llamadas sobre el falso incendio, los extraños en casa de sus padres, la pintada en la puerta, la sorpresa en el sótano de Luis (en esta versión no omite esto, ya no tiene fuerzas para mantener la idea de que lo que vio fue un malentendido), la escena surrealista en urgencias. Añicos de realidad o retazos de locura. Sea lo que sea no lo quiere en su interior, no lo puede contener más.

—Todo está bien ahora —dice Irene—. Todo está bien.

Le consuela con su abrazo. Rodrigo se embriaga con su perfume, con el calor de sus senos. Ahora mismo no le importa si el mundo se vuelve loco, inhóspito, inhabitable. Ahora mismo se ha deshecho de los acontecimientos irracionales de los últimos dos días y tiene todo lo que necesita. Necesita lo único que tiene ahora. Levanta la cabeza hacia el cuello de Irene, lo besa. Ella echa la cabeza ligeramente hacia atrás, dándole vía libre para saborear la piel suave. Los besos de Rodrigo, tímidos al principio, se vuelven poco a poco más atrevidos. Él se inclina sobre ella, sus labios suben hasta el lóbulo de la oreja de ella, después acarician su mejilla y se acercan, como exploradores maravillados en una tierra ignota, hasta su boca. Dos pares de labios se acarician y confunden, entreabriéndose cada vez más. Los hidrostatos musculares hacen acto de presencia entonces, buscándose como dos amantes perdidos en la negrura de dos cuevas húmedas, limitadas por espeleotemas blancos pero con las

puertas abiertas y en contacto. Rodrigo e Irene
se funden entre besos y caricias, dedos que
buscan la piel bajo las ropas, humedades,
erecciones, gemidos, exhalaciones.

Rodrigo está despierto en su cama. Sobre la
mesilla un reloj digital marca las tres y cuarto de
la mañana. Inundado por el aroma a Irene y
sexo, estira el brazo pero encuentra su cama
vacía. ¿Acaso ha sido todo un sueño?, se
pregunta. Y si ha sido así, ¿desde cuándo está
soñando?

Conforme se aleja del reino de Hipnos se da
cuenta de más cosas. Está desnudo. El lado
izquierdo de la cama, ahora vacío, está caliente,
y las sábanas revueltas. Una luz se cuela por
debajo de la puerta. De pronto suena una
cisterna descargando su contenido. Apoyado
sobre los codos, espera con la mirada fija en la
puerta. Una eternidad más tarde —quizás sólo
un par de minutos, pero el tiempo pasa
despacio en ese reino de silencio nocturno— la
puerta se abre y Rodrigo observa, no sin gran
alivio, la silueta de Irene recortada contra la luz
del pasillo. Lleva puesta una camiseta de *Green
Day* (un remanente de la adolescencia de
Rodrigo), y sus piernas desnudas le hacen

sentirse como un niño que descubre una revista para adultos por primera vez. Irene permanece inmóvil en el quicio de la puerta. Su cara está sumida en sombras por la luz a su espalda, pero Rodrigo adivina una mirada extraña. Ella sostiene algo en una mano. Lo alza.

—¿Qué es eso? —pregunta él.

—¿Cuánto hace que no te las tomas? —La voz de Irene suena seria.

—¿El qué?

Ella le lanza el objeto a la cama. Es una caja de pastillas. Haloperidol. Rodrigo la examina con curiosidad, sin reconocerla. Está abierta y faltan varias pastillas.

—¿De dónde has sacado esto? —pregunta.

—Estaba en tu cuarto de baño.

—No es mío —dice él. ¿O sí lo es?, piensa.

—¿Sabes lo que es? —Él niega con la cabeza—. Es un potente antipsicótico.

Rodrigo observa la caja en silencio. Busca en el cajón de su memoria, analiza el dibujo en la caja, algo que pretende ser un átomo o una flor. No consigue recordar que lo haya visto nunca antes. Está cansado de pensar en ello. Su mente todavía está adormilada. ¿Ha olvidado tomar su medicación y es esa la causa de todo?, ¿o es esto parte de la farsa, si es que hay alguna farsa? Desanimado lanza la caja de pastillas a un extremo de la habitación y hunde la cabeza en las almohadas. Oye el interruptor de la luz, la puerta que se cierra, y siente como Irene se acuesta a su lado y le rodea con el brazo.

V

El sol está ya alto cuando sus rayos, como lanzas de luz atravesando la persiana, despiertan definitivamente a Rodrigo y le hacen comprender que es más tarde de lo que creía. Se vuelve hacia el otro lado de la cama, pero está vacía. Las sábanas están revueltas y sobre una silla descansa su camiseta de *Green Day*. Desde una esquina de la habitación, una caja de Haloperidol le observa en silencio. Rodrigo se levanta de la cama y la recoge. Tal vez Irene tenga razón; está enfermo y ha olvidado tomar sus medicinas. Lleva días alucinando. La aseveración le quita un peso de encima, detiene la reproductiva promiscuidad de las preguntas

que anoche inundaban su cabeza. Todo está
bien ahora.

Busca a Irene en el cuarto de baño, pero no
está allí. Después de vestirse baja a la cocina,
pero tampoco la encuentra allí, ni en el salón.
Quizás tuvo que irse a trabajar temprano y no
quiso despertarlo, pero al menos podía haber
dejado una nota. Rodrigo se prepara un café y
unas tostadas. En sus manos todavía sostiene la
caja de antipsicóticos, dándole vueltas con los
dedos mientras desayuna. Finalmente saca el
prospecto de su interior y le echa un vistazo.

*Haloperidol posee un claro efecto antipsicótico
con una marcada acción sobre los síntomas de la
psicosis, sobre todo, delirios y alucinaciones.
Produce una importante sedación que lo hace
apropiado en el tratamiento de la manía y otros
estados de agitación. Está dotado de un marcado
efecto antiemético (control del vómito),
produciendo relajación de los esfínteres
gastrointestinales.*

Haloperidol Prodes se puede administrar en:

- Esquizofrenia crónica que no responda a la medicación antipsicótica normal, fundamentalmente en pacientes menores de 40 años.

- Tratamiento de las psicosis agudas y crónicas.

Si tiene esta caja en su poder, piensa Rodrigo, debe ser porque un médico le ha recetado el tratamiento, aunque no recuerda quién ni cuándo. De hecho ni siquiera recuerda quién es su médico de cabecera o si lo ha visitado alguna vez desde que vive aquí. Es más, ¿cuál es el centro de salud más cercano? Vuelve al prospecto:

Los comprimidos deberán tragarse enteros (sin masticarlos) en la dosis recomendada por el médico, acompañados de algún líquido (no alcohólico), después de las comidas.

¿Y cuál es la dosis recomendada por el médico? ¿Cómo puede saberlo, si ni siquiera recuerda haber tomado antes ningún comprimido? La caja es de treinta pastillas, y faltan unas diez o así.

> *La dosis normal recomendada es de 15 mg/día*
> *(1 comprimido y medio), que se puede*
> *incrementar un 50% cada semana hasta la*
> *desaparición de los síntomas. Puede*
> *administrarse a cualquier hora del día, siendo*
> *preferible fraccionar las dosis en 2 ó 3 tomas.*

Siguiendo esa pauta ha debido de estar tomándolo al menos una semana, piensa. Pero, ¿cuánto lleva sin tomarlas? Rodrigo saca una de las pastillas a través del envoltorio de papel de aluminio, la observa pensativo entre sus dedos. Finalmente se la pone en la boca y la traga con el último sorbo de café.

Inmediatamente después suena el timbre de la puerta.

Rodrigo se acerca con calma y abre. Se encuentra con la imagen de Jessica, sola y con gesto preocupado. La mirada de Rodrigo baja rápidamente a las manos de ella, pero esta vez no lleva los guantes rojos que no son rojos.

—Tienes que irte enseguida —dice ella.

—Jessica, ¿qué…?

—No hay tiempo. —Se vuelve para mirar a su espalda, como si temiese que algo se le fuese a venir encima—. Viene hacia aquí.

—¿Quién? ¿De qué estás hablando?

Jessica le mira a los ojos. Su mirada dice mucho más de lo que los labios pueden articular, dice Lo siento, y Yo no quería, y Te quiero. Dice Ojalá las cosas fuesen de otro modo; dice Tú todavía tienes una oportunidad. Pero su boca no se mueve, permanece entreabierta, congelada en un monólogo telepático. Finalmente los párpados interrumpen la conexión y la boca recupera el discurso.

—No puedo dejar que me vea aquí —dice Jessica, y dando media vuelta corre hacia la calle y desaparece.

Rodrigo sujeta la puerta, incapaz de entender qué acaba de ocurrir. Por un instante pensó que todo había vuelto a la normalidad, pero ahora nuevas dudas comienzan a hacer cola en la parte de atrás de su cabeza. Después de cerrar, regresa a la cocina y encuentra una sombra.

Una sombra recortada en la salida al jardín, oscura frente a la claridad de la mañana.

Rodrigo se queda inmóvil unos instantes, sus nervios funcionando con una lentitud pasmosa. Las señales ópticas tardan una eternidad en llegar al cerebro, ser procesadas, comparadas con las memorias y patrones almacenados para, finalmente, producir una identificación positiva. Es la figura de Tristán. Sus dientes torcidos asoman a través de los finos labios en una sonrisa siniestra. En las manos lleva guantes de látex pálido.

Las estatuas de Rodrigo y Tristán permanecen ancladas por una mirada, esperando que el otro se mueva primero, esperando reaccionar. Tristán rompe el encantamiento desviando la mirada hacia la encimera de la cocina, donde descansa un juego de cuchillos envainados en un soporte de madera. Rodrigo sigue la mirada y, cuando vuelve a encontrarse con los ojos de su amigo, la sonrisa de éste se prolonga.

El dueño de la casa sale de pronto corriendo de su propia cocina, en dirección a la entrada principal. Tras de sí escucha muebles caer. En su precipitada carrera choca con la puerta; tiene que invertir la dirección de su empuje para abrir, pero en cuanto lo hace siente que su perseguidor se abalanza sobre él y lo aplasta. La puerta se cierra de un golpe y Rodrigo cae al suelo.

Intenta levantarse, pero solo ve el puño de Tristán descendiendo con rabia sobre él. Después del primer golpe, Rodrigo se hace un ovillo en el suelo, se cubre la cabeza con los brazos, encoge las rodillas. Siente la lluvia de golpes y patadas sobre sus hombros, su costado, su espalda.

Cuando los golpes cesan se atreve a abrir los ojos y apartar los brazos. Tristán sigue allí. Agarra una pequeña mesilla auxiliar, deja caer las llaves y papeles que soportaba y la levanta sobre su cabeza, dispuesto a descargarla con todas sus fuerzas sobre Rodrigo. Pero este gira hacia adelante en el último momento, se agarra a las piernas de Tristán mientras la mesa estalla contra las baldosas del suelo como un trueno de madera barata.

Rodrigo se apresura a incorporarse al tiempo que tira de una pierna, haciendo a Tristán perder el equilibrio y caer de espaldas. El dueño de la casa corre de nuevo, esta vez hacia la cocina, se lanza contra la encimera y se hace con uno de los cuchillos. Veinte centímetros de acero inoxidable se prolongan desde su puño, apuntando a la entrada de la cocina. Tristán no tarda en aparecer, tranquilo, sonriente.

—¿Qué está pasando? —grita Rodrigo—. ¿Qué coño te pasa? ¿Por qué estás haciendo esto?

Tristán se apoya en una se las sillas de la cocina. Parece relajado, como si tuviese la situación bajo control, aunque es Rodrigo quien empuña el cuchillo.

—No tienes ni idea, ¿verdad, Rodrigo?

—¿De qué? ¿De qué estás hablando?

Una carcajada. Tristán ríe y hace que Rodrigo baje la guardia con su actitud calmada, pero de pronto levanta la silla en la que se apoyaba y se lanza hacia adelante como un domador de leones. Rodrigo levanta con firmeza el cuchillo, pero este se clava en el asiento de la silla mientras las patas le atrapan contra la encimera. Tristán apoya todo su peso contra la silla, inmovilizando a su amigo. Entonces estira un brazo y agarra otro de los cuchillos. Intenta apuñalar a Rodrigo, pero él, soltando el arma que ha quedado clavada en la silla, agarra el brazo de su agresor. Los dos forcejean; Rodrigo atrapado entre la encimera y la silla, toda su atención puesta en impedir que el brazo de Tristán avance hacia su cara. El otro debe repartir sus fuerzas entre presionar con la silla y empujar con el cuchillo. Desesperado, Rodrigo comienza a lanzar patadas a ciegas hasta que una de ellas logra desplazar el apoyo del atacante. Desestabilizado, Tristán pierde fuerza y entonces es Rodrigo quien empuja la silla y carga contra él. Carga hacia el jardín y se estrella contra una de las puertas correderas. Cuerpo, silla y cuerpo atraviesan el vano con un estallido de vidrio y ruedan sobre baldosas de barro en un amasijo de carne, madera y cristal.

Rodrigo consigue incorporarse primero y corre hacia el muro del jardín. Trata de saltar, pero una fuerza tira de él hacia atrás y lo lanza de nuevo al suelo. Tristán ha perdido su sonrisa burlona y su rostro es una imagen de odio y rabia con el lado derecho cubierto de sangre por un largo tajo bajo el ojo. Desde el suelo, Rodrigo le patea los tobillos para hacerlo caer, pero Tristán retrocede y se mantiene en pie, dándole, sin embargo, una oportunidad a su víctima para ponerse en pie.

De inmediato Tristán carga contra Rodrigo. Los dos jóvenes se funden en un abrazo violento e intercambian golpes, tirones, empujones, forcejeos. Rodrigo siente sus costillas arder y una rodilla le lanza punzadas de dolor, pero resiste y hace su parte. Como luchadores en un cuadrilátero, Rodrigo y Tristán se mueven de un lado a otro en el patio hasta que uno de ellos tropieza con los restos de la silla, trastabilla y cae de espaldas, golpeándose la cabeza contra una de las paredes.

Rodrigo está de pie en el silencio de mediodía. El cuerpo de Tristán permanece inmóvil en el suelo, ¿muerto? Quizás sólo inconsciente, pero no quiere averiguarlo. Regresa al interior, se acerca a la pila de la cocina y abre el grifo. Sus puños están hinchados y enrojecidos, los nudillos pelados, pequeños cristales clavados en la palma de sus manos. Deja el agua fría correr entre sus dedos y el fondo del fregadero se tiñe de rojo. Después se pasa las manos húmedas por la cara y el pelo. Ha perdido sus gafas. Le duele todo el cuerpo. Tiene que llamar a la policía.

De camino hacia el salón siente que su cuerpo no responde. Sus pasos son torpes, los pies no parecen seguir sus órdenes. Derecha e izquierda intercambian posiciones; adelante y atrás se confunden. Sus manos tiemblan incontrolablemente y su visión se vuelve borrosa. En medio del pasillo se da cuenta de que no sabe dónde tiene el teléfono. Lo busca en el salón, pero pronto olvida para qué lo está buscando. Cansado y dolorido se deja caer en el sofá y cierra los ojos, Sólo un momento. Sólo unos segundos.

Le despierta la melodía de su teléfono móvil. A su alrededor sólo hay tinieblas y dolor. El pecho le tortura con cada inspiración, su rodilla protesta a cada flexión de la pierna, la cabeza le duele como si alguien estuviese hurgando en ella con un punzón. El teléfono sigue sonando. Rodrigo se mueve a tientas, sale al pasillo y sigue el rastro sonoro hasta la cocina. El terminal sobre la mesa ilumina la estancia con su fulgor azul y revela que falta una de las sillas. Rodrigo descuelga, pero no tiene fuerzas para decir nada.

—¿Rodrigo? ¿Estás ahí? —Es la voz de Luis.

—Sí, aquí. —Su voz es áspera y la garganta también se suma a las protestas de todo su cuerpo.

—¿Estás bien, tío? —Luis parece el de siempre, como si nada hubiese ocurrido—. Suenas mal…

—Sí… No… Estoy… —Confuso, piensa. Sin soltar el teléfono, Rodrigo enciende las luces de la cocina. Hay cristales por el suelo. El aire frío de la noche se cuela por el hueco de una puerta corredera sin cristal. Al otro lado, en el jardín, restos de una silla. No hay rastro de Tristán.

—Ya imagino —dice Luis—. Tengo aquí a alguien que quiere hablar contigo.

Se escucha un ruido, un teléfono que pasa de manos, y otra voz familiar.

—¡Rodrigo! ¿Estás bien, Rodrigo?

Irene.

—Tu amiga es muy mona. —De nuevo Luis al aparato—. Un verdadero encanto.

—¿Qué hace ella ahí contigo?

—Tranquilo, Rodri. De momento no va a pasarle nada, aunque tampoco te puedo dar garantías.

—¿Cómo?

—Tristán está bastante cabreado. Le va a quedar una cicatriz muy fea y… bueno, digamos que está pensando en desquitarse con tu amiga.

—¡Como le hagáis algo a Irene te juro que…!

—Rodri, Rodri, tranquilo. Yo me ocupo de Tristán. Pero necesito que vengas cuanto antes.

—¿Que vaya adónde?

—Rodri. —La voz de Luis suena paternalista, como si estuviese hablando con un niño que sabe que ha hecho una travesura—. Ya sabes dónde.

—No sé de qué estás hablando, Luis. ¿Quieres decirme de una vez de qué va todo esto? ¿Qué le ha dado a Tristán? ¡Ha intentado matarme!

—Sí, ya, bueno… Ya sabemos cómo es Tristán. Tiene algo de genio. Precisamente por eso te sugiero que no te demores.

—¿Pero dónde estáis?

—Ya sabes dónde.

—No, joder, Luis. No lo sé. ¿En tu casa?

—Busca en el desván, Rodri. Tú sabes dónde estamos.

La llamada se corta y Rodrigo se queda sujetando un aparato silencioso, en mitad de la noche, solo.

VI

El desván es un espacio donde una persona adulta no puede ponerse de pie, ni siquiera en el centro del tejado a dos aguas. Se accede a él a través de una trampilla en el techo del pasillo del primer piso. Un tragaluz filtra la luz de la luna a través de su cristal manchado de polvo y tierra, pero una bombilla solitaria inunda el espacio de luz blanca y fría cuando Rodrigo aprieta el interruptor en el pasillo. Allí arriba no es más que un espacio de almacenaje donde dejó las cajas de cartón vacías después de la mudanza, los embalajes de los electrodomésticos nuevos, los trastos que, en algún procrastinado momento, debería pensar dónde colocar. Al pie de la escalerilla que se despliega de la trampilla en el techo, Rodrigo observa la entrada al desván y piensa cuándo fue la última vez que subió allí. ¿Por qué habría de encontrar precisamente ahí la pista sobre el lugar donde se esconden Luis y los demás?

Una vez arriba, de rodillas sobre el suelo de madera polvorienta, Rodrigo examina los bultos a su alrededor. Cajas viejas apiladas unas sobre otras, cartones plegados, bolsas de rafia arrugadas, piezas de embalaje de poliestireno expandido, maletas, mochilas, bolsas de plástico con ropa vieja… ¿Qué demonios tiene todo esto que ver con dónde están sus amigos?

La sonrisa de Irene se dibuja en su mente, blanca y resplandeciente como la luz de la bombilla sobre su cabeza. En contraste, la horrible sonrisa de Tristán, sus dientes oscuros y torcidos, su mirada aviesa. Los ojos moteados de Irene, y ese gesto tan simpático de inclinar la cabeza cuando algo la divierte. La torsión imposible de la cabeza de Emilio para con el resto de su cuerpo. El cuerpo desnudo de Irene, la caricia de sus labios y la música de sus gemidos. Las palabras de Luis y la velada amenaza. Tiene que hacer algo, tiene que encontrar cuál es la clave de todo este misterio.

Con nuevas fuerzas, Rodrigo comienza a abrir cajas y bolsas, comienza a revolver contenido y continentes en busca de algo que le sugiera la respuesta que está buscando. Encuentra una vajilla sin desembalar, un juego de destornilladores y llaves *allen*, un viejo tablero de ajedrez, cuadernos usados de su época escolar, blocs de dibujo llenos de garabatos hechos con Plastidecor, antiguas revistas de cine, dos cajas llenas de cintas VHS con etiquetas escritas a mano y algunas películas originales en el mismo formato, otra con cintas de casete y CD —Offspring, Green Day, Garbage, Pacebo—, ropa de cuando era más joven, un joyero de su madre, un *tamagotchi*, un reloj Casio, un móvil Nokia 3310, una vieja consola Play Station con varios juegos.

Se detiene cuando encuentra una vieja caja de puros con fotos. En ellas puede ver a sus padres de jóvenes, gastadas imágenes en blanco y negro de cuando se casaron y tuvieron una luna de miel en la costa, o quizás en las islas Canarias, y también fotos de él mismo cuando era niño y después de su hermana. Recuerdos felices de juegos en el parque de Cervantes, memorias congeladas en diez por quince centímetros. Entre las más recientes hay fotos

de Rodrigo con Luis: celebrando el cumpleaños
de alguno de los dos en un bar llamado La
Carcoma; preparados para asistir a una fiesta de
disfraces del colegio —Rodrigo vestido de
vaquero, Luis de soldado americano con una
insignia que decía *Nilsen*—; veraneando juntos
en la playa donde los llevaron los padres de
Rodrigo; los dos subidos a un gran algarrobo.
El escenario que más se repite es un chalet en la
sierra que sus padres solían alquilar para pasar
allí los calurosos veranos. Rodrigo lo recuerda
bien porque era su lugar favorito durante la
época estival, una especie de segundo hogar
donde la novedad y la familiaridad se daban la
mano durante largos días soleados.

La caja de puros estaba dentro de otra, una
caja de cartón robusta sin distintivo alguno. En
el fondo de esa caja, Rodrigo encuentra un
álbum. En cuanto lo abre comprende que por
fin ha dado con lo que estaba buscando.

La primera página contiene una serie de
fotografías recortadas en las que Rodrigo
reconoce el chalet de sus veranos infantiles,
pero con el techo hundido, las paredes
ennegrecidas y una capa de ceniza negra y gris
cubriéndolo todo. Junto a las fotos hay dos

artículos de prensa arrancados de los periódicos.

TRES MUERTOS EN UN INCENDIO EN LA SIERRA

Tres personas fallecieron la pasada noche durante un incendio en un chalet de la sierra. La propiedad, que se alquilaba como residencia de vacaciones, estaba ocupada por cinco personas, dos de las cuales, de sólo quince años, lograron escapar a tiempo del fuego.

Según han confirmado las autoridades, una familia de cuatro miembros y un amigo del hijo mayor se encontraban en la casa pasando las vacaciones cuando se produjo el incendio. Los dos chicos lograron escapar, pero los padres y una niña fallecieron en el interior de la casa. La Guardia Civil está investigando las causas del suceso, mientras que los servicios sociales se han hecho cargo de los menores, que se encuentran en estado de shock pero no han sufrido daños.

Fuentes del servicio coordinado de Emergencias informaron que varias llamadas ciudadanas alertaron del incendio al percibir el fuego durante la noche, llegando el primer aviso nueve minutos después de la medianoche. Bomberos, Protección Civil, Guardia Civil y Policía Local recibieron el aviso para acudir de inmediato, acompañados de servicios sanitarios.

EL SINIESTRO SECRETO TRAS EL INCENDIO DE UN CHALET EN LA SIERRA

El incendio que recientemente se cobró la vida de tres miembros de una familia en un chalet de la sierra oculta un macabro secreto, según nos han informado fuentes de la Guardia Civil.

Tras extinguir el incendio, los bomberos encontraron los restos de las tres víctimas en sus camas, dando a entender que pudieron fallecer a causa de la inhalación de humo mientras dormían. Los cadáveres fueron trasladados al instituto médico forense, donde un examen post-mortem reveló, sin embargo, que los pulmones estaban libres de humo, indicando así que la muerte se había producido antes de que comenzase el fuego. Los investigadores están tratando de determinar cuál fue la causa real del

fallecimiento, aunque la tarea resulta compleja
debido al estado de los restos.

Los servicios sociales que se ocuparon de los
menores supervivientes del incendio han remitido
un informe donde aseguran que, si bien el hijo y
hermano mayor de las víctimas sufre graves
síntomas de estrés post-traumático y ha tenido
que ser hospitalizado, el otro superviviente, que
asegura haber salvado a su amigo conduciéndolo
al exterior del chalet cuando comenzó el fuego,
ofrece muestras de una frialdad impropia de un
adolescente de su edad.

Más adelante, en el álbum, aparecen varias
fotografías de Rodrigo y Luis. Tienen catorce o
quince años y llevan camisetas negras, hacen
muecas a la cámara y gestos de cuernos con los
dedos. Otro artículo de prensa.

UN MENOR DE EDAD ACUSADO
DE TRES ASESINATOS E
INCENDIO PROVOCADO

Uno de los menores supervivientes del incendio
de un chalet, donde murieron tres personas, va a

*ser acusado de triple homicidio e incendio
provocado, según informa la fiscalía.*

*La investigación, tanto de los restos de los
fallecidos como del lugar de los hechos, han
concluido que, por una parte, la causa de la
muerte fue un arma cortante, probablemente un
cuchillo de cocina. Por otro lado, el origen del
fuego no puede atribuirse a ningún accidente y se
considera que fue provocado.*

*De los dos jóvenes adolescentes que sobrevivieron
al incendio, uno de ellos, hijo y hermano de las
víctimas, permanece hospitalizado con graves
síntomas de trastorno de estrés post-traumático y
se encuentra incapacitado para colaborar en la
investigación; el otro, sin embargo, ha
sorprendido a médicos y especialistas con su
sangre fría y falta de emoción ante lo ocurrido.
Después de varias pruebas psiquiátricas, se le ha
diagnosticado un trastorno psicopático y se le
considera responsable de las muertes y del
incendio. Este joven ha sido recluido en un
hospital psiquiátrico a espera de juicio.*

Otros recortes siguen el desarrollo del
juicio. Rodrigo apenas repasa los titulares para

hacerse una idea general. Luis terminó cumpliendo seis años de privación de libertad, durante los cuales fue un preso modélico: buen comportamiento, terapia, medicación. Después, la noticia de su puesta en libertad. Su propio nombre, el de Rodrigo, aparece mencionado puntualmente para repetir su estado catatónico y su permanencia en el hospital, sin posibilidad de colaborar en el caso.

Sus padres muertos. Su hermana muerta. ¿Es posible? Rodrigo comienza a repasar su archivo mental; sabe que su padre está jubilado y juega al dominó en el bar, que su madre hace la compra en el mercado y no quiere usar teléfono móvil, pero lo cierto es que no puede atisbar recuerdos más allá de su época de instituto. ¿Qué pasó cuando se fue a vivir a la ciudad para estudiar arte dramático? ¿Acaso no volvió a ver a sus padres para Navidades, cumpleaños? ¿Y su hermana? Tampoco recuerda haber hablado con ella en años… ¿Es cierto lo que dicen los recortes de prensa? ¿Son todos estos años una invención suya?

Todo es culpa de Luis.

Luis destrozó su vida, asesinó a su familia. Y ahora amenaza con repetir, con hacer lo mismo con Irene. En el mismo lugar.

Rodrigo se lanza escaleras abajo, ignorando el dolor que todavía le da punzadas en la rodilla y las costillas. Coge las llaves del coche y abandona el dúplex. Hace más de diez años que no ha estado en el chalet de la sierra, y nunca condujo hasta allí él mismo, pero recuerda perfectamente el camino, como si tuviese ante sí el mapa sacado de la guantera de su memoria.

Conduce lo más rápido que puede a través de carreteras nacionales y comarcales, atravesando pequeños pueblos y escenarios que permanecen inamovibles como postales en su mente, incluso a la luz de los faros en vez de bajo el brillante sol veraniego; el restaurante de carretera con camiones y tractores a un lado, y un poco más allá la casona con neones luminosos; la larga curva donde la calzada se estrecha entre roca y barranco; los altos pinos entre los que asoman las torres de una casa construida a imitación de un pequeño castillo; la gasolinera a la entrada de un polígono industrial —antaño mucho más pequeño—; la señal que indicaba el comienzo de un camino asfaltado con una alta pendiente, y, apenas dos o tres kilómetros más allá, el solitario chalet de la sierra, ya no tan solitario.

La residencia que antes se alzase dominando el paisaje sobre una loma, rodeada de bosques de castaños y robles, se encuentra ahora rodeada de otros edificios, chalets y bungalows con parcelas, piscinas, caminos, luces. La casa, por supuesto, fue reconstruida después de su incendio, pero Rodrigo todavía la reconoce como se puede reconocer a alguien después de múltiples operaciones de cirugía plástica; es diferente, pero todavía queda algo de lo que era antes. La esencia de una casa, como la de una persona, no puede operarse ni remodelarse si no es mediante la completa destrucción de los cimientos.

El muro de ladrillos rojizos que circunda la parcela es el mismo, así como la reja de hierro pintada de negro que, abierta de par en par, invita a pasar. Rodrigo aparca el coche fuera, a un lado del camino, y reconoce el Audi de Luis junto al chalet, y también el Seat de Gorka. El foco exterior que alumbra la entrada y el porche está apagado, pero pueden adivinarse luces a través de las persianas bajadas.

Rodrigo se acerca hasta los escalones que llevan a la puerta principal. Está alerta, mirando a un lado y otro, temiendo que alguien (Tristán, por ejemplo) pueda saltar sobre él en cualquier momento. No se oye ningún ruido en el exterior, tan solo los sonidos lejanos propios de la noche, los habitantes del silencio. La puerta no está cerrada. Rodrigo la empuja y la pesada hoja se desliza con suavidad. Al otro lado el vestíbulo está en penumbra, débiles luces se cuelan a través de puertas cerradas.

La distribución interior ha cambiado, pero el salón sigue estando a la izquierda y las habitaciones a la derecha. La doble puerta que cierra el salón tiene cristales opacos que apenas dejan escapar la luz. Rodrigo traga saliva, se arma de valor y se dispone a abrir la puerta.

La escena al otro lado le sobrecoge.

Frente a la chimenea *insert* yace el cuerpo de un hombre, su rostro hundido en un charco de sangre que empapa la alfombra de pelo largo.

Gorka se pasea por la estancia distraído, blandiendo en su mano un atizador de hierro colado.

El cuerpo de una mujer descansa en un sillón con la cabeza echada hacia atrás y una cascada de rojo bajándole desde la garganta e inundando sus ropas.

Jessica, que observaba las decenas de fotografías con pequeños marcos colgadas en una de las paredes, se vuelve hacia Rodrigo con una mirada de disculpa.

Irene está sentada en un silla en el otro extremo de la sala, al otro lado de la mesa de comedor; levanta la mirada con una súplica en sus ojos moteados.

Luis se sitúa detrás de Irene y apoya en el hombro una escopeta de caza mientras con la otra mano invita a pasar a Rodrigo.

Tristán le saluda con una fuerte patada en la espalda que le hace caer al suelo en el centro del salón.

—Bienvenido a esta pequeña fiesta —dice Luis.

Rodrigo se levanta. Tristán le mira fijamente, con su sonrisa siniestra deformando el tajo en su pómulo derecho.

—¿De qué va todo esto, Luis? ¿Qué es lo que pretendes? ¿Qué es lo que quieres?

—Quiero que recuerdes —dice Luis mientras acaricia con su mano libre el pelo de Irene.

—Rodri —interviene Jessica—. ¿Cuándo fue la última vez que estuviste aquí?

—Calla, Jess —exclama Tristán—. No le des pistas.

—Cuando el incendio… —Las palabras apenas tienen voz al salir de la boca de

Rodrigo—. La noche en que mataste a mi familia. —Termina con una explosión de rabia hacia Luis.

—La noche que te hice libre —apostilla Luis—. Y ahora tengo que liberarte otra vez.

Luis acaricia la cara de Irene con el cañón de la escopeta. Ella no puede contener las lágrimas y solloza mientras le suplica ayuda a Rodrigo. Él da un paso hacia adelante, pero Tristán le detiene con un fuerte puñetazo en el estómago. Rodrigo lanza un grito de rabia y carga contra Tristán, estampándolo contra la pared. Su amigo ríe, dientes torcidos asomando entre sus labios. El corte bajo su ojo comienza a sangrar de nuevo justo antes de que su frente choque contra la nariz de Rodrigo.

Cegado por un instante, Rodrigo retrocede y siente la acometida de Tristán, que le lanza golpes uno tras otro. Se cubre la cara con los brazos. Escucha risas alrededor.

—¡Tristán! ¡Para ya! —Es la voz de Jessica. Los golpes se detienen.

—¿De qué lado estás tú, Jess? —pregunta el de los dientes torcidos.

—Del de no matarlo.

—No voy a matarlo. —Tristán ríe—. Sólo me estoy divirtiendo un poco.

Pero mientras hablaban, Rodrigo se ha vuelto hacia la cómoda y ha cogido lo primero que ha encontrado, una fuente ornamental de cristal. Cuando Tristán se vuelve de nuevo hacia él, Rodrigo blande el objeto con todas sus fuerzas. La fuente estalla en una lluvia de afilados fragmentos y Tristán cae al suelo como un pesado saco.

La cara de Jessica muestra sorpresa, pero Luis sonríe impasible. Rodrigo recuerda que Gorka también está allí y se da la vuelta justo a tiempo para agacharse y esquivar el hierro del atizador. Se lanza entonces contra él, agarrándolo por la cintura y haciéndolo caer al suelo. Rodrigo aplasta a Gorka contra la alfombra y comienza a golpearle una y otra vez hasta que oye los gritos de Jessica y siente cómo ella le agarra por detrás y sujeta su puño. Con la mano libre, Rodrigo se hace con el atizador y lo empuña contra la chica. Suena un crujido cuando el gancho de hierro se estrella contra la cabeza de la joven y su cuerpo cae al suelo, inerte.

Bajo las rodillas de Rodrigo, Gorka no puede contener la risa. Su cara está ensangrentada por los golpes, su labio partido tiñe de rojo los dientes, pero no para de reír.

Rodrigo le golpea con el atizador una vez y otra hasta acallar esa risa.

Cuando se levanta, Luis le mira con satisfacción y hace un amago de aplauso, pero es difícil hacer chocar las palmas mientras sostiene la escopeta.

—Deja que se vaya —dice Rodrigo—. Esto es entre tú y yo.

—Tsk tsk tsk. —Luis chasquea la lengua mientras niega con la cabeza—. Este no es un juego donde el que gane se lleva a la chica.

—¿Entonces qué es?

—Se trata de ser libre, Rodri. Libre de expectativas y convencionalismos, libre de normas, de restricciones morales, de cavilaciones. Se trata de ser tú mismo. Ella —dice señalando a Irene con el cañón del arma— no te va a ayudar a eso.

—¿Por qué haces todo esto, Luis? ¿Qué clase de cable suelto tienes en tu cabeza? ¿Qué es lo que no funciona ahí dentro?

—¡Ja ja! ¿En mi cabeza, dices? Deberías mirar en la tuya, Rodri. Ni siquiera puedes distinguir cuándo estoy dentro de ella y cuándo estoy fuera.

—No estabas en mi cabeza hace doce años, cuando mataste a mis padres y a mi hermana.

—Lo hice por ti, por nosotros. ¿No recuerdas nuestro pacto? Hermanos de sangre. Hermanos para siempre. Tú y yo contra el mundo, Rodri. Eras mi único amigo, el único que no me veía como a un monstruo o un bicho raro. Eras mi único compañero y yo quería que fueses libre, como yo. Quería que entendieses que los demás tienen una venda en los ojos, que están obsesionados con imaginar límites y barrotes donde no los hay. Me imaginaba nuestro futuro con nuestras propias reglas, viviendo a nuestra manera. Tú y yo juntos para siempre. Pero entonces comenzaste a hablar de esa estúpida idea de ser actor, y pensabas que tenías que ir a la ciudad y estudiar arte dramático, y dejarme tirado. Caíste presa de las mismas mentiras que restringen a los demás, de esperanzas y sueños absurdos. Yo te liberé de todo eso.

—Estas loco, Luis.

De pronto Tristán se levanta. Su cara es una máscara carmesí de odio y sangre, y en sus manos sostiene un gran fragmento de cristal puntiagudo. Rodrigo retrocede un paso. Tristán alza su arma y se prepara para embestir.

Resuena un estallido atronador.

Tristán se viene abajo mientras el humo y el olor a pólvora inundan la estancia. Rodrigo se vuelve hacia Luis, que sostiene la escopeta humeante.

—Podía ser demasiado difícil de controlar a veces —dice Luis—. Estaremos mejor sin él.

Luis rodea la mesa de comedor hacia Rodrigo, que permanece inmóvil, atónito.

—Ella tampoco es de fiar —continúa—. Parece buena, y seguro que te hace sentir bien al principio. Pero luego todo serán restricciones. No puedes hacer esto, No puedes hacer aquello, Eso está mal, Eso no es correcto. Te limitará. Te condicionará. Te impondrá barreras y dictará tu comportamiento, y tú accederás a todas sus súplicas voluntariamente, sin rechistar. Sin darte cuenta serás su esclavo.

Rodrigo observa a Irene, que niega con la cabeza mientras las lágrimas resbalan por sus mejillas.

—Yo te ofrezco libertad. —Luis sigue hablando—. No de esa que venden los políticos en sus panfletos, no de la que reclaman los presos en cárceles. Te ofrezco la libertad auténtica. Libertad de conciencia. Libertad de pensamiento. Libertad frente al bien y el mal, frente al qué dirán, frente a las dudas. ¿No has tenido dudas estos días, Rodri? —Rodrigo no puede evitar un leve asentimiento—. ¿Y no te gustaría que cesaran para siempre? Yo te ofrezco eso, libertad frente a las dudas que asaltan tu cabeza. ¿Es esto real o no? ¿Es verdad o mentira? ¿Está bien o mal? ¡Deja atrás esas patrañas!

Cuando llega junto a Rodrigo, Luis le pasa la escopeta.

—Libéranos a los dos, Rodri. Renovemos nuestro pacto de sangre y comencemos una nueva vida juntos. Solos tú y yo, sin importarnos nada el resto.

Rodrigo observa la escopeta en sus manos, el acero pesado y la madera calentada por las manos de su amigo.

—Adelante. —Luis empuja el cañón para que apunte a Irene, que no puede frenar el llanto—. La iluminación te espera al otro lado. Ven conmigo. Nos queda poco tiempo ya.

—¿Poco tiempo? —pregunta Rodrigo—. ¿Qué quieres decir?

Luis levanta el brazo y mira su reloj de pulsera.

—Espera y verás.

Silencio. Sollozos sordos de Irene. El aire pesado con el olor a sangre y pólvora. Luis

levanta la otra mano y va doblando los dedos
en una cuenta atrás. Cuatro. Tres. Dos. Uno.

Una explosión sacude la casa. Después otra,
y otra más. Rodrigo se vuelve para ver la
alfombra en llamas, las cortinas abrazadas por
lenguas de fuego. Pequeñas explosiones se
repiten por las habitaciones, el sótano, la
cocina.

—Tenemos   poco   tiempo,   Rodri.
Terminemos con esto y salgamos de aquí, tú y
yo, como hace doce años. Esta vez nada nos
separará.

Rodrigo se vuelve hacia Irene. ¿Es ella real?
¿De verdad se aclarará todo si aprieta el gatillo?
¿Terminarán las dudas? Puede terminar con
esta pesadilla ahora mismo, sólo tiene que
flexionar un dedo. Basta con mover un dedo
para cambiar toda una vida. Basta una vida para
cambiar el mundo.

El humo comienza a inundar los techos. El
calor se hace patente en el salón. Toda la casa
va a arder, igual que ardiese antes. La historia
que   se   repite   a   sí   misma,   un   ciclo
inquebrantable. Lo que ha sido, será.

Rodrigo cierra los ojos y aprieta el gatillo,
solo que el cañón del arma no apunta a Irene.
El disparo hace caer a Luis sobre la mesa,

llevándose la mano al vientre que derrama sangre y bilis. Rodrigo deja caer la escopeta como si le quemase los dedos. Comienza a llorar. Irene corre hacia él y le abraza. Le empuja, tira de él, intenta hacerlo reaccionar, pero Rodrigo es una estatua que llora en mitad de un infierno.

Por fin, entre gritos y zarandeos, Irene consigue hacer responder a Rodrigo, que se da media vuelta y, sujetándola por la mano, busca una salida.

Suena otra explosión más.

Irene se viene abajo, agarrándose a Rodrigo en su caída. Una de sus piernas se ha convertido en un amasijo rojo y negro que mezcla tela vaquera con carne y plasma. Junto a la mesa de comedor, Luis se apoya en una silla y apenas puede levantar la escopeta.

—No-no puedes irte... de aquí... con ella —dice entre estertores—. Sálvate tú... pero no puedes... con ella...

Rodrigo se arrodilla junto a Irene, que grita y gime de dolor. La alfombra y los sofás han convertido el salón en un horno, el humo negro forma una densa nube a un metro del suelo. Rodrigo comprende que perdió la cordura en este mismo lugar, doce años antes, y que tampoco podrá salvarla esta vez.

Consciente de que la decisión está en sus manos, Rodrigo estrecha con fuerza a Irene y deja que el humo los rodee, que enrojezca aún más sus ojos, que se aloje en sus pulmones y entorpezca su respiración. El calor del fuego los abraza y el estruendo de chispas y madera que cruje desaparece poco a poco. La nube negra los lleva hasta un reino de oscuridad y silencio. Cuando las llamas comienzan a devorar sus ropas y lamer su piel, Rodrigo es sólo una masa de carne inmóvil, tejidos, huesos y sistemas teñidos de negro, un solo cuerpo fundido por el beso de Agni.

Afuera la oscuridad se agita molesta, un reino de silencio asaltado por el crepitar de las llamas y el lejano rumor de sirenas.

FIN

Sobre el autor

David L. Cortés (Petrer, 1978) comenzó su aventura artística como ilustrador y dibujante de cómics. Después de trabajar con editoriales de España, Estados Unidos y Canadá, vivió durante algunos años en Reino Unido, donde comenzó a trabajar en la que sería su primera novela. Actualmente también escribe artículos de opinión para un semanario local y en su blog: *davidlcortes.blogspot.com*

Obras publicadas:

Todos contra el master - juego de rol (2014)

De dragones y hombres (2014)

Todos los días son mañana
(Editorial Titanium, 2019)